D1002808

Dans les bras de la mort

TOME II
Soif de vie

Dans les bras de la mort

TOME II
Soif de vie

Janice Harrell

Traduit de l'anglais par
Louise Binette

Les éditions Héritage inc.

Données de catalogage avant publication (Canada)

Harrell, Janice

   Dans les bras de la mort

   (Cauchemars)
   Traduction de: Vampires Love Blood Spell.
   Sommaire: t. 2. Soif de vie.
   Pour les jeunes de 14 ans et plus.

   ISBN 2-7625-8760-3

   I. Binette, Louise. II. Titre. III. Collection

PZ23.H368Da 1997   j813'.54   C97-941011-8

Vampires Love - Blood Spell
Copyright © 1996 Daniel Weiss Associates, Inc. et Janice Harrell
Publié après arrangements par Scholastic Inc.

Version française
© Les éditions Héritage inc. 1997
Tous droits réservés

Conception graphique de la couverture : Michel Têtu
Illustration de la couverture : Jacques Durand
Infographie de la couverture : François Trottier
Graphisme et mise en page : Jean-Marc Gélineau

Dépôts légaux : 3e trimestre 1997
Bibliothèque nationale du Québec
Bibliothèque nationale du Canada

ISBN : 2-7625-8760-3   Imprimé au Canada

LES ÉDITIONS HÉRITAGE INC.
300, rue Arran, Saint-Lambert (Québec) J4R 1K5
Téléphone : (514) 875-0327

CHAPITRE 1

Marianne Handfield et Laura Blais sont assises à une table de la pizzeria. Une planchette de jeu *Ouija* repose entre elles.

— C'est curieux, dit Marianne. On dirait que les esprits ne veulent pas parler ce soir. À moins que « mmph » veuille dire quelque chose.

Une serveuse passe près des deux amies, un plateau de verres à la main.

— Peut-être qu'ils n'aiment pas l'atmosphère de ce restaurant, dit Laura. C'est terriblement bruyant ici.

— En tout cas, on ne peut pas aller chez nous. Mes parents auraient une attaque s'ils me voyaient avec ça.

— Ils sont toujours furieux ?

— C'est le moins qu'on puisse dire. Mon père n'arrête pas de répéter que la maison a été saccagée lors de la séance. Bon,

7

c'est vrai qu'il y a eu un peu de dommage. Tout le monde a paniqué quand l'esprit de Sophie s'est manifesté.

— C'était super comme expérience! La voix de Sophie paraissait tellement réelle. On aurait juré qu'elle était dans la pièce.

— Pauvre Vincent! Sophie et lui formaient le couple idéal. Qui aurait pensé qu'une telle tragédie viendrait tout gâcher? C'est épouvantable.

Elle se mouche bruyamment.

— On ne sait pas ce qui s'est passé, fait remarquer Laura. Sophie n'est peut-être pas morte. Après tout, on n'a pas retrouvé son corps et il n'y a pas de témoin.

Elle retire une coupure de journal de son sac et la défroisse du plat de la main.

— As-tu lu cet article?

ADOLESCENTE TOUJOURS PORTÉE DISPARUE

La police n'a aucune piste concernant la disparition de Sophie Hardy, dix-sept ans, de Mont-Norbert. La jeune fille a été vue pour la dernière fois le 13 septembre alors qu'elle quittait le cinéma du centre commercial. Selon la camarade de classe qui l'accompagnait, il était environ vingt-deux heures lorsque le film a pris fin.

Pourtant, Sophie Hardy n'est jamais rentrée chez elle ce soir-là. Elle conduisait une Mazda 626 1989 de couleur blanche. Le soir de sa disparition, elle portait un chandail vert olive et une jupe courte fleurie. La Sûreté municipale demande à quiconque détiendrait des informations sur les allées et venues de la jeune fille de communiquer avec le sergent Yves Duquette.

Marianne examine la coupure de journal.

— Ce n'est qu'un entrefilet. Peut-être que ça signifie que la police garde peu d'espoir de la retrouver.

— Je ne crois pas. Ça veut seulement dire qu'ils n'ont aucune piste, observe Laura.

— Si seulement on savait ce qui lui est arrivé! Mais de la voir disparaître comme ça sans laisser de traces...

— C'est étrange qu'elle soit allée au cinéma avec la nouvelle, Rina Cargiale. Quand on y pense, Rina a été la dernière personne à la voir vivante.

— Est-ce que tu insinues que...

Marianne écarquille les yeux et dévisage son amie.

— Non, s'empresse de répondre Laura. C'est ridicule. Je ne sais même pas pourquoi j'ai dit ça.

Elle baisse le ton.

— C'est peut-être parce que j'ai vu Rina et Vincent ensemble devant les casiers hier. C'est difficile à expliquer, mais on aurait dit qu'il y avait de l'électricité dans l'air.

Marianne tortille sa serviette en papier et jette un regard anxieux à Laura.

— Crois-tu qu'il se passe quelque chose entre eux? Si c'est le cas, Rina aurait eu un motif.

Laura fronce les sourcils.

— Non. Quand tu le dis à haute voix, je me rends compte à quel point c'est absurde. On ne tue pas quelqu'un pour lui voler son petit ami.

— J'aurais cru que Vincent aurait le cœur brisé à cause de la disparition de Sophie, dit Marianne d'un ton embarrassé.

— Ouais...

Laura baisse les yeux.

— Je pense que Rina lui plaît beaucoup. Tu aurais dû les voir ensemble.

— Mais crois-tu qu'il soupçonne Rina d'avoir...

Marianne s'interrompt et plisse les yeux.

— Cette fille est bizarre, Laura. Avoue. Elle a une façon de nous regarder sans ciller. Et ses yeux sont d'une couleur tellement étrange.

— C'est sûrement à cause de ses verres

de contact, dit Laura. Moi, ça m'a pris des jours à apprendre à cligner des yeux quand je les ai eus.

— Je ne sais pas comment dire. Elle dégage quelque chose...

Marianne serre les poings.

— Quand j'ai croisé Vincent l'autre jour dans le couloir, il ne m'a même pas vue. Il n'a pas l'air de savoir ce qu'il fait la moitié du temps. Je croyais que c'était à cause de la disparition de Sophie, mais c'est peut-être parce qu'il sait que Rina l'a tuée !

Laura s'agite sur sa chaise, mal à l'aise.

— On n'a aucune preuve. On ne peut pas accuser les gens de meurtre comme ça. Je ne sais pas ce qui m'arrive. Je deviens complètement paranoïaque.

Marianne frissonne.

— Je sais. On a tous peur. Mes parents ne voulaient même pas que je sorte ce soir. Il a fallu que je leur promette de me garer juste devant la porte, sous les lampadaires.

— Je ne sais plus que penser.

Marianne frappe la planche de jeu de son poing.

— Pourquoi tu ne veux rien nous dire, idiot ?

— Essayons encore, propose Laura.

— Ça ne marchera pas, dit Marianne en posant ses doigts sur la planchette.

11

Elle ferme les yeux.

— Attends! Ça bouge!

— V-A-M-P-I-R-E-S! s'écrie Laura d'un ton triomphant après que la planchette a épelé le mot en quelques secousses.

— Vampires! En tout cas, c'est plus sensé que «mmph».

Laura fronce le nez.

— Pas vraiment. Tu sais bien que les vampires n'existent pas.

Marianne prend une bouchée de pizza.

— Tu as raison. C'est stupide.

Elle regarde par la fenêtre. Le stationnement est plongé dans l'obscurité.

— Je me demande ce que fait Vincent ce soir.

— Il s'inquiète probablement pour Sophie, dit Laura.

— Oui. Pauvre Sophie!

☯ ☯ ☯

Chez Rina, rue des Chênes, les dizaines de pendeloques du lustre en cristal frémissent tandis que Sophie traverse la salle à manger. La jeune femme sourit à Vincent et à Rina d'un air menaçant. Sa peau est étrangement décolorée et ses yeux paraissent durs et artificiels. On dirait des pierres précieuses. Ses talons claquent sur le parquet et Sophie a le regard mauvais lorsqu'elle entre dans le vestibule. Glacé d'horreur, Vincent constate qu'elle a deux canines pointues qui viennent s'appuyer sur sa lèvre inférieure. Il serre plus fort la main de Rina et tente de s'enfuir, mais Jérémie Dalpé se tient dans la porte et leur bloque le chemin. Vincent tressaille. Jérémie est imposant, mais c'est sa bouche ensanglantée qui est la plus terrifiante.

Tout à coup, Rina donne un coup de pied à Jérémie et passe sous son bras tendu. Pendant que le jeune homme se tord de douleur, Vincent prend la fuite. Il saute du perron et court sans oser se retourner. Ses pieds s'enfoncent dans la pelouse et il a l'impression de courir au ralenti. Pourtant, il a les poumons en feu. Rina ouvre toute grande la portière lorsqu'il atteint la voiture et Vincent s'installe derrière le volant, hors d'haleine. Il a le sentiment qu'il s'est écoulé une éternité avant qu'il ne parvienne à insérer la clé dans le démarreur. Il a vaguement conscience des cris de Sophie et de Jérémie derrière lui. Mais lorsqu'il fait ronfler le moteur, leurs voix se perdent dans le crissement des pneus.

Quelques minutes plus tard, Vincent jette un coup d'œil sur l'indicateur de vitesse et s'aperçoit qu'il roule à plus de cent kilomètres à l'heure dans un quartier résidentiel. Il s'
à ralentir et à prendre de grandes inspira

— On a réussi, dit-il. On leur a échappé.

✦ ✦ ✦

Ahuri, Jérémie fixe les feux arrière de la voiture qui disparaît au bout de la rue.

— Tu les as laissés s'enfuir! hurle Sophie.

Jérémie hausse les épaules.

— Et alors? Je n'y peux rien, moi. Je me tenais dans la porte exactement comme tu me l'avais demandé.

— Mais tu es tellement gavé de sang que tu as du mal à te mouvoir, rétorque Sophie.

Jérémie rougit.

— Je suis allé faire un petit tour et j'ai vu un homme qui sortait ses ordures. J'en ai profité pour boire un peu de son sang. Je ne l'ai pas tué!

— Mais tu as tout fait rater!

— Écoute. Si tu voulais tant les attraper, rien ne t'empêchait de courir après eux.

— Rien, sauf toi qui me bloquais la sortie!

Pas question pour Sophie d'admettre qu'elle a eu peur de poursuivre Rina toute seule. Vincent représente une proie facile, mais Rina est vampire et elle est dangereuse.

— Ferme-la, Sophie!

Jérémie entre dans la cuisine. L'eau se

teinte de rouge dans l'évier tandis qu'il se rince la bouche. Il s'empare d'un essuie-tout et s'éponge le visage.

Sophie l'a suivi dans la cuisine, la mine renfrognée. Elle espère que Jérémie ne lui causera pas d'ennuis. Elle ne le trouve guère inspirant et elle aimerait bien qu'il coupe les poils drus qui lui poussent sous les oreilles. Cependant, il y a une chose qui lui plaît chez lui : depuis qu'elle l'a transformé en vampire lors de la séance chez Marianne, Jérémie s'est montré d'une dépendance attendrissante envers elle.

S'il commence à lui créer des problèmes, Sophie ne l'endurera pas longtemps. Ce qu'il y a de merveilleux quand on est vampire, c'est qu'on n'a plus à tolérer ce qui nous ennuie. Plus besoin d'aller à l'école, ni d'habiter chez ses parents, ni surtout, de se plier aux caprices de Jérémie.

❂ ❂ ❂

— On l'a échappé belle, dit Rina. Je n'y comprends rien. Je croyais que Sophie errait encore quelque part en se demandant ce qui lui arrivait. Après tout, elle est devenue vampire il y a quelques jours à peine, non ?

— Tu devrais le savoir, répond Vincent. C'est toi qui l'as rendue comme ça.

— C'était un accident, gémit Rina. Elle a probablement avalé un peu de mon sang quand elle m'a mordue.

Elle le dévisage d'un air anxieux.

— Tu ne m'en veux plus, n'est-ce pas?

— J'ai cessé de t'en vouloir, Rina. Maintenant, je suis comme engourdi. Je ne sais plus... Quel gâchis!

Rina est si près de lui qu'il sent son parfum léger chaque fois qu'il inspire. Cependant, il n'ose pas la regarder. Il porte la main à son cou et se souvient de la brève douleur qu'il a ressentie lorsque Rina s'est faufilée dans sa chambre à quelques reprises. À ce moment-là, il était tellement perturbé qu'il a consenti à la laisser boire de son sang. Aujourd'hui, il a du mal à croire qu'il a fait une chose pareille. Il n'a surtout pas envie de finir vampire comme Sophie et Jérémie. Dorénavant, plus question de permettre à Rina de lui rendre visite la nuit.

Vincent l'observe à la dérobée. Chaque fois qu'il l'aperçoit, il est fasciné par sa beauté, par ses yeux ambre et ses cheveux de jais. C'est comme s'il oubliait sans cesse à quel point elle est belle. Cela s'explique peut-être par le fait que, quand il pense à elle, ce n'est pas une image qui surgit dans sa mémoire, mais plutôt une odeur, une caresse. Le seul fait d'entendre quelqu'un prononcer son nom suffit à faire déferler en lui un torrent d'émotions nouvelles. Vincent agrippe le volant. Il est impossible qu'il soit en train de tomber amoureux d'un vampire.

— Qu'est-ce qu'on fait, maintenant? demande-t-il. On leur a échappé cette fois, mais ils savent très bien où nous trouver. Ils ne vont pas se décourager aussi facilement.

Rina frissonne.

— Il a fallu que Sophie se change en brume pour se glisser dans la maison. Pourtant, il s'agit d'une transformation très délicate. Il faut faire le vide total dans son esprit.

— Si tu le dis, lance Vincent avec une ironie désabusée.

— Elle a dû apprendre ce procédé d'un autre vampire.

Rina se tourne vers lui.

— Quelqu'un lui sert de professeur!

— Attends une minute!

Vincent la regarde fixement.

— Es-tu en train de me dire qu'il y a trois vampires à nos trousses?

Rina hausse les épaules.

— Je ne sais pas. En tout cas, tout ça n'est pas normal. On devrait retourner chez moi pour tenter de découvrir ce qui se passe.

Vincent explose.

— As-tu perdu la tête? On a eu de la chance de se sauver. Je ne suis pas assez cinglé pour leur donner une deuxième occasion de m'attraper dans la même journée.

— Ils ne nous verront pas, affirme Rina. On peut se garer à quelques rues de là et se faufiler jusque chez moi en passant par le bois. Il faut qu'on sache ce qu'ils préparent, tu ne penses pas?

Vincent sent son cœur battre dans sa poitrine. Il sent aussi son jean qui enserre ses cuisses. Seuls ces deux faits lui rappellent qu'il ne rêve pas. Comment tout cela est-il possible?

Il lui est venu à l'idée d'aller se réfugier chez sa grand-mère dans les Laurentides, mais il ne peut pas se résoudre à abandonner Rina. Et naturellement, il est hors de question de l'emmener avec lui. Sa grand-mère ne manquerait pas de lui poser des questions auxquelles il ne pourrait pas répondre.

— Tourne ici, dit Rina. Ensuite, on reprendra la rue des Chênes.

Vincent n'a pas de meilleure idée. Il serre les dents et fait demi-tour.

☙ ☙ ☙

— C'est incroyable! Rina n'a même pas de four à micro-ondes, grogne Sophie en inspectant la cuisine. Il n'y a absolument rien qu'on puisse vendre pour se faire de l'argent. Pas de télé, pas de magnétoscope. Rien que de la porcelaine, des napperons de dentelle et un tas d'autres vieilleries dont personne ne veut.

— Qu'est-ce que tu vas faire, Sophie? Une vente de garage?

— Tout ce que je veux, c'est faire de Vincent un vampire pour qu'on soit de nouveau réunis tous les trois.

Jérémie fronce les sourcils.

— Il compte encore beaucoup pour toi, hein? Qu'est-ce qu'il a donc de si extraordinaire? Il n'est pas vampire et il ne veut pas le devenir.

— Je sais. Mais quand on l'aura transformé, il changera d'avis. On ne l'a pas attrapé aujourd'hui, mais on finira par l'avoir, crois-moi.

— Je n'en suis pas si sûr. Il a eu une peur bleue tout à l'heure. Je ne l'ai jamais vu courir aussi vite, pas même sur la piste d'athlétisme.

Sophie hausse les épaules.

— Il se calmera. Bientôt, il commencera à penser qu'il a imaginé tout ça. Difficile de croire que des vampires nous courent après, non?

— Mais Rina? Elle sait que les vampires existent!

— On s'occupera d'elle, dit Sophie avec insouciance.

— Je persiste à croire qu'on devrait laisser tomber pour Vincent.

Sophie tape du pied.

— Je ne laisserai jamais tomber. Personne ne peut rester sur ses gardes vingt-quatre heures sur vingt-quatre. On fera comme si de rien n'était et ils finiront par se laisser prendre dans nos filets.

Elle ouvre la porte du congélateur et jette un coup d'œil à l'intérieur.

— Qu'est-ce que tu fais ? demande Jérémie, irrité.

— Je cherche de l'argent. C'est l'endroit que les gens utilisent le plus souvent pour cacher leur petite fortune.

Elle ouvre ensuite le réfrigérateur.

— Hé ! Des sacs de sang périmé !

Elle fait la grimace.

— On dirait bien que Rina est allée faire un retrait à la banque du sang, dit Jérémie pour plaisanter.

— C'est dégoûtant. Ce n'est même pas du sang, c'est du plasma.

Jérémie regarde par-dessus l'épaule de Sophie. Les sacs en plastique étiquetés sont empilés sur la tablette supérieure du réfrigérateur.

— C'est une bonne idée, au fond. Tout ce sang a été testé, fait remarquer Jérémie.

— Tu es vampire, rappelle-toi. Arrête de te tracasser pour les virus.

Sophie promène son regard dans la cuisine presque vide.

— Allons faire un tour en haut. Peut-être qu'elle cache un magot sous son matelas.

— Où as-tu appris tous ces trucs ?

— D'un ami vampire.

Sophie sourit.

— C'est bizarre comme à l'école, on ne nous apprend jamais ce qu'on a vraiment besoin de savoir.

Une fois en haut, elle entre dans une chambre au bout du couloir. La pièce est ordonnée et impersonnelle. On dirait une chambre d'hôtel. Seul un jean reposant sur le dossier d'une chaise indique que c'est bien celle de Rina.

Une ombre attire l'attention de Sophie dans la fenêtre. La jeune fille agrippe le bras de Jérémie.

— Qu'est-ce que c'est ?

— Juste un oiseau.

— Les oiseaux ne volent pas dans le noir.

Sophie se rue vers la fenêtre et scrute la cour obscure.

— Je ne comprends pas pourquoi tu t'énerves tant, dit Jérémie. Vincent et Rina doivent déjà être à des kilomètres d'ici.

Sophie ne peut pas lui expliquer pourquoi elle a peur, car elle ne lui a jamais avoué que les vampires pouvaient se changer en chauves-souris. Elle craint de ne plus pouvoir le dominer s'il apprend les techniques de transformation des vampires.

Elle laisse échapper un petit rire nerveux.

— Je suis un vrai paquet de nerfs. Ça me fera du bien de rentrer à la maison. J'ai besoin de me replonger dans la routine.

— Si tu retournes chez toi, tu vas avoir des comptes à rendre. Au cas où tu l'ignorerais, on te recherche dans tout le Québec. Tout le monde croit que tu as été enlevée. Et toi, tout à coup, tu décides de revenir tranquillement à la maison ? Il va falloir que tu dises la vérité à tes parents, alors.

— Pas de danger. Tu devrais voir leur réaction quand je rentre avec dix minutes de retard. J'ose à peine imaginer ce que ce serait si je leur apprenais que je suis une morte vivante !

— La police aussi voudra t'interroger.

— Je m'en tirerai très bien, dit Sophie avec un sourire suffisant. J'ai décidé de jouer les amnésiques. C'est une bonne idée, hein ? Je ne me souviens absolument pas de ce qui s'est passé.

Elle soulève le matelas. Il n'y a pas d'argent, mais Sophie plisse les yeux lorsqu'elle aperçoit quelque chose sous le lit.

— Tu as vu ça ? demande-t-elle à Jérémie en tirant la vieille valise vers elle. Le cuir tombe en morceaux.

Sophie ouvre la valise et en retire un collier orné d'un camée en ivoire jauni. Elle examine sur l'envers du camée la miniature d'une femme probablement morte depuis des siècles. Elle la jette sur le lit et fouille dans la doublure déchirée de la valise.

— Voilà qui est intéressant! dit-elle en en retirant un bracelet de rubis.

— Tu crois qu'ils sont vrais? demande Jérémie.

— Bien sûr! Ils sont beaux, hein? Et c'est justement ma couleur préférée: rouge sang!

Elle sourit en tournant légèrement le poignet de façon à faire scintiller les pierres.

— Pas question que tu le gardes, dit Jérémie. On sépare tout en deux.

Il sort un paquet de cigarettes de sa poche et se laisse tomber sur le lit.

— Je parie que je pourrais m'acheter une Corvette avec l'argent que valent ces rubis.

— Je ne veux pas d'une Corvette. Je veux les rubis.

Sophie lui jette un regard hostile.

— Je croyais que tu avais arrêté de fumer.

— Oui, c'est vrai.

Il sourit.

— Mais maintenant que je suis vampire, je ne suis jamais à bout de souffle et je n'ai pas à me soucier du cancer.

Les yeux de Sophie lancent des éclairs tandis qu'elle le fixe.

— Je te préviens, Jérémie. N'allume pas cette cigarette.

— Vincent me disait souvent que tu étais autoritaire. Maintenant, je comprends ce qu'il voulait dire. Laisse-moi te dire une chose, Sophie. Tu m'as peut-être changé en vampire, mais je n'ai pas l'intention de me laisser mener par le bout du nez. Après tout, je suis plus fort que toi.

Il sourit.

— Aussi longtemps que tu t'en souviendras, on s'entendra à merveille, toi et moi.

Il glisse la cigarette entre ses lèvres et l'allume à l'aide de son briquet.

— Pour commencer, donne-moi ce bracelet.

— Tu aimerais peut-être fumer ta cigarette d'abord, dit Sophie.

Elle serre la vieille valise contre sa poitrine et observe Jérémie tandis qu'il tire une bouffée de sa cigarette.

Tout à coup, elle lui lance la valise au visage. Jérémie pousse un juron. La cigarette tombe sur son tee-shirt et un trou noir apparaît aussitôt sur le tissu. Jérémie donne de petites tapes sur le panache de fumée qui s'élève en spirale, mais lorsque sa main touche le tissu, des flammes jaillissent au bout de ses doigts.

— Au secours!

Le feu embrase sa poitrine et s'étend à ses bras qui battent l'air. Comme si le garçon avait été aspergé d'essence, les flammes prennent brusquement sur tout son corps. Jérémie se jette par terre et roule désespérément. Sophie entend le feu crépiter tandis que le jeune homme se tord sur le tapis tressé. Le corps de Jérémie n'est déjà plus qu'une silhouette noire dans le brasier.

Sophie recule contre le mur, les yeux agrandis par l'horreur.

Lorsque le feu s'éteint enfin, il ne reste plus de Jérémie qu'un tas de cendres fumantes rappelant vaguement une forme humaine.

La fumée pique les narines de Sophie, qui est secouée d'un violent tremblement.

— Je l'avais prévenu de ne pas allumer cette cigarette, murmure-t-elle. Tant pis pour lui.

CHAPITRE 2

Accrochée à l'avant-toit devant la fenêtre de la chambre, la chauve-souris lâche prise en entendant le crépitement des flammes. Ses yeux ne sont que de minuscules points dorés au-dessus de son museau charnu et ses crocs font saillie lorsqu'elle ouvre la bouche.

— Rina, laisse-t-elle échapper.

La chauve-souris se pose adroitement sur une branche d'arbre, suspendue par les griffes. Elle agrippe ensuite l'écorce et progresse rapidement le long du tronc jusque sur le tapis de feuilles mortes jonchant le sol. Tandis qu'elle avance en clopinant, la petite créature enfle comme si on la gonflait d'air. Les longs os fins de ses ailes deviennent plus gros et la peau qui les relie rétrécit. Soudain, l'animal explose et prend la forme d'une énorme bête poilue qui, au clair de lune, ressemble à un saint-bernard.

Dans le bois, le bourdonnement des insectes cesse subitement, comme si la nature elle-même s'étonnait de cette étrange métamorphose. Debout entre les arbres, le monstre continue à se transformer. Ses vertèbres s'allongent à mesure qu'il grandit et s'amincit. Sa fourrure devient clairsemée et sa peau apparaît tout à coup, pâle et dénudée. Enfin, l'étrange créature se redresse et secoue la tête. Elle porte un jean et un tee-shirt de couleur pâle.

— Rina! dit-elle avec détermination.

Elle passe ses mains sur son corps pour s'assurer qu'elle a bien retrouvé sa forme humaine.

ↄ ↄ ↄ

Vincent se retourne.

— Rina? souffle-t-il d'un ton anxieux. C'est toi?

La jeune fille lisse ses cheveux noirs en sortant de l'ombre.

— Ne me dévisage pas comme ça. Je suis très gênée après une transformation.

— Je ne te voyais plus, dit Vincent. Je m'inquiétais.

Il l'examine, embarrassé.

— Qu'est-ce qui te met si mal à l'aise? Je croyais que tu allais seulement t'approcher de la maison pour voir ce qui se passait.

Rina rougit violemment.

— Je me suis changée en chauve-souris, avoue-t-elle.

La gorge de Vincent se serre. En la regardant bien, le jeune homme se surprend à penser que les cheveux de Rina sont de la couleur d'une chauve-souris. Il ferme les yeux.

— As-tu entendu ce qu'ils disaient? Qu'as-tu découvert?

L'expression de Rina change brusquement.

— J'ai de mauvaises nouvelles, Vincent.

Ce dernier lui saisit les bras.

— Qu'est-ce qui s'est passé?

— Jérémie est mort.

Vincent recule en vacillant.

— Mais il est devenu vampire! Il ne peut pas mourir!

Rina s'humecte les lèvres.

— Je t'ai déjà dit qu'il existait des façons pour nous de mourir, tu te souviens? Sophie a mis le feu à son tee-shirt. Ils se disputaient au sujet de mon bracelet de rubis. Sophie voulait le porter, mais Jérémie aurait préféré le vendre pour s'acheter une Corvette.

Vincent l'interroge du regard.

— Tu n'as jamais vu ce bracelet, dit Rina.

Elle inspire profondément.

— Je ne le porte plus parce qu'il me rappelle des souvenirs pénibles. Le garçon qui me l'a offert m'a transformée en vampire. Sophie peut bien garder ce bracelet maudit si ça lui chante. Moi, je n'en veux pas.

— Mais qu'est-ce qui s'est passé, Rina?

— Sophie a lancé quelque chose à Jérémie pour qu'il laisse tomber sa cigarette sur lui.

— Et ça l'a tué? demande Vincent, incrédule.

— Le feu détruit les vampires presque instantanément.

— Rina...

Vincent hésite.

— Es-tu certaine qu'il est mort?

La jeune fille acquiesce d'un signe de tête.

— En entendant ses cris, je me suis postée à la fenêtre et j'ai vu qu'il brûlait. Une minute après, Sophie a dit que c'était tant pis pour lui.

— Ça, c'est bien elle.

Une légère brise vient agiter les branches des arbres.

— Peut-être qu'elle se dit qu'elle peut vendre les rubis et s'enfuir. Elle a peut-être décidé d'aller en Amérique du Sud ou ailleurs. Elle n'a jamais aimé Mont-Norbert. Elle répétait sans cesse qu'elle détestait vivre dans ce trou perdu où il ne se passe jamais rien.

Rina jette un regard sur la maison brillamment éclairée entre les arbres.

— Peut-être qu'elle trouve la vie beaucoup plus intéressante maintenant qu'elle est vampire. J'aurais bien aimé te dire qu'elle veut quitter la ville, mais ce n'est pas le cas. Je l'ai entendue dire à Jérémie qu'elle allait retourner chez elle et faire semblant d'être amnésique. De cette façon, personne ne pourra l'interroger sur ce qui s'est passé.

Vincent se passe une main dans les cheveux.

— Es-tu en train de me dire qu'elle va continuer à suivre ses cours comme si de rien n'était ? Elle déteste l'école. Et tu crois que maintenant qu'elle est devenue vampire et qu'elle a tué Jérémie, elle va venir passer son examen d'algèbre ? Est-ce qu'elle s'imagine qu'elle n'aura qu'à attirer les élèves près du taille-crayons pour pouvoir leur sucer le sang ?

Vincent s'interrompt. Il espère qu'il n'a pas blessé Rina.

— C'est tout un choc, dit-il pour s'excuser. Je ne sais plus ce que je raconte. Je n'arrête pas de me dire que tout ça est une erreur monumentale.

Jérémie mort ! Vincent a peine à croire qu'un gars qui a été son ami et qui pesait plus de quatre-vingt-dix kilos s'est envolé en fumée, tué par Sophie de surcroît !

Le jeune homme respire à fond.

— Où va-t-on maintenant, Rina ?

Celle-ci hausse les épaules.

— On se rend à l'école demain matin, comme d'habitude. Seulement, ce serait plus prudent de rester ensemble. Il ne faut pas que Sophie puisse nous prendre par surprise.

— C'est tout ? Tu n'as pas d'autre plan ?

Rina le considère d'un air gêné.

— Je ne sais pas si je te l'ai dit, mais les vampires perdent de leur force surnaturelle au lever du soleil. Ils ralentissent et ne peuvent plus changer de forme. Je ne crois pas que Sophie tentera quoi que ce soit en plein jour. Ce serait trop risqué. Car à ce moment-là, tu es plus fort qu'elle.

Vincent sent la sueur perler sur son front.

— On ne devrait pas avoir d'ennuis si on ne la voit qu'à l'école, dit Rina.

— C'est tout un réconfort ! lance Vincent avec sarcasme.

Rina hausse les épaules.

— Ce n'est pas terrible, mais c'est tout ce qu'on a.

— Je vais rentrer, dit Vincent. Je ne vois pas ce que je pourrais faire d'autre. J'espère seulement que Sophie ne m'attend pas déjà chez moi.

Il s'aperçoit qu'il a mal à la tête.

— Elle a dit à Jérémie qu'elle retournait chez elle ce soir, dit Rina. C'est probablement ce qu'elle fera. La mort de Jérémie l'a peut-être secouée un peu.

— Bon sang! Je l'espère!

Ils marchent tous les deux vers la voiture de Vincent. Les feuilles mortes craquent sous les chaussures du garçon, mais les pas de Rina, eux, sont silencieux. Au clair de lune, elle ressemble davantage à une hallucination qu'à une fille.

— Je n'arrive pas à le croire, dit Vincent. Je dois rêver!

— Je sais que c'est invraisemblable, dit Rina, mais ce n'est quand même pas si mal pour moi. Autrefois, quand les gens ne s'appuyaient pas encore sur la science pour tout expliquer, il était presque impossible à un vampire démasqué de s'en tirer. On lui faisait subir toutes sortes de supplices. On lui enfonçait un pieu dans le cœur, on l'immolait par le feu... Mais de nos jours, même si une personne découvre un vampire, elle ne fait rien du tout. Elle se dit qu'elle a tout imaginé ou qu'elle a perdu la raison.

Rina sourit.

— Heureusement pour moi.

Vincent est soulagé lorsqu'ils atteignent sa voiture garée le long du trottoir dans la rue

des Chênes. Au loin, les maisons aux fenêtres éclairées ont quelque chose de rassurant.
Même Rina paraît plus réelle à la lueur des
lampadaires. Elle a l'air d'une fille ordinaire,
quoique beaucoup plus belle, et Vincent se
surprend à penser qu'elle n'a absolument rien
de commun avec Sophie. Il perçoit une
bonté, une pureté en elle que rien, dans son
étrange vie, n'est parvenu à détruire.

Ce soir, Rina porte un jean et un chemisier ajusté à rayures bleues très fines. Vincent
a remarqué qu'elle choisit ses vêtements avec
plus de soin depuis quelques jours. Mais
n'est-ce pas un peu ridicule de dire qu'une
fille soigne son apparence alors qu'elle était
une chauve-souris il y a quelques minutes à
peine ?

— Tu ne peux pas rentrer chez toi ce
soir, lâche-t-il. Tu as vu comme c'était facile
pour Sophie d'entrer dans la maison. Qui te
dit qu'elle n'y retournera pas ? Où vas-tu
dormir cette nuit ?

— Ne te fais pas de souci pour moi,
répond Rina en détournant les yeux.

Vincent reconnaît immédiatement son
regard fuyant.

— Rina, dis-moi la vérité.

— Je ne dors pas, admet-elle d'une
petite voix.

— Jamais ?

Elle fait non de la tête.

Vincent pousse un grognement en ouvrant la portière. Chaque fois qu'il a le sentiment, même pendant un bref instant, qu'il est un gars ordinaire bavardant avec une fille ordinaire, le désenchantement est brutal.

Lorsqu'il s'éloigne au volant de sa voiture, il ne se retourne pas et ne regarde pas dans le rétroviseur. Il a trop peur de ce qu'il pourrait y voir.

🙰 🙰 🙰

Le cœur brisé, Rina continue à regarder dans le vague plusieurs minutes après que les feux arrière de la voiture ont disparu. Manifestement, la moindre allusion à sa condition de vampire suffit à semer la révolte dans l'esprit de Vincent. Elle l'a bien vu à son expression lorsqu'elle lui a avoué qu'elle ne dormait pas.

Rina grimpe à un arbre et s'assoit sur une branche. Vincent ne l'acceptera jamais telle qu'elle est, et cette pensée la torture.

Peut-être qu'elle pourrait réapprendre à dormir si elle essayait très fort. Pour ça, elle doit se détendre et respirer normalement comme elle a vu des gens le faire. Elle doit également créer le vide dans sa tête, mais pas au point de se changer en brume. Elle fredonne une berceuse que sa mère lui chantait et ferme les yeux.

Pourtant, le sommeil ne vient pas. Elle a oublié comment dormir. Elle serre ses genoux sur sa poitrine et étouffe un sanglot. Le vent gémit dans la forêt de pins et sèche ses joues sillonnées de larmes.

CHAPITRE 3

À l'aéroport, Vlad Tzara trouve un siège tout près d'un des écrans indiquant les départs et les arrivées des vols. Quelques passagers font la file pour acheter des billets, mais le vampire ne leur prête pas attention.

Il saisit une enveloppe pliée dans sa poche et, pour la dixième fois, lit la lettre qui se trouve à l'intérieur. L'auteur de la lettre semble l'avoir pris pour son grand-père. *Respectueux hommages... vampire légendaire... la plus ancienne lignée... votre serviteur dévoué...* Peut-être que le vieux magicien n'a jamais su que le grand-père de Vlad avait été tué à l'aide d'un pieu il y a déjà plus d'un siècle. Pas de problème. Vlad avait bien l'intention de se rendre au rendez-vous fixé par le signataire de la lettre. Il aime bien prendre les choses comme elles viennent.

Mais puisqu'il ne rencontre le vieux

magicien que dans deux jours, Vlad aura tout le temps voulu pour partir à la recherche de Sophie.

Il ouvre la valise qu'il tient sur ses genoux et n'est pas surpris d'y trouver si peu de choses : un jean, un tee-shirt, deux jupes en rayonne. Il sourit en respirant le parfum familier de Sophie. Dans un autre siècle, Vlad aurait pu tenter de suivre sa trace en comptant uniquement sur son odorat. Mais aujourd'hui, les gaz d'échappement des véhicules et l'odeur du caoutchouc sur l'asphalte l'obligent à employer d'autres méthodes.

Un homme d'affaires s'assoit près de lui et jette un regard curieux à la valise ouverte qui repose sur les genoux de Vlad.

— Tu n'as pas la bonne valise, mon jeune ? Ça m'est arrivé un jour et la compagnie aérienne a mis deux semaines à retrouver mes bagages. Si tu veux mon avis, tu ferais mieux de n'apporter qu'un sac et de le traîner avec toi dans l'avion.

L'homme tapote son fourre-tout rempli à craquer.

— Moi, je ne m'en sépare plus.

Vlad referme brusquement la valise de Sophie. Il a faim et il sent ses canines sortir de leur gaine, mais il perd l'appétit en constatant que l'homme est obèse. Vlad déteste mordre dans une couche de gras et il rêve du jour où les Nord-Américains mangeront moins de frites.

— C'est la valise de ma petite amie.

L'homme l'examine d'un air intrigué. Il a probablement reconnu l'accent transylvanien. Vlad n'a pas encore réussi à s'en défaire, mais ça ne le tracasse pas. Avec ses longs cheveux noués en une queue de cheval, sa boucle d'oreille ancienne et son charmant accent, Vlad est convaincu que les filles le trouvent irrésistible.

Il sourit d'un air piteux. Il doit admettre qu'il a sous-estimé Sophie. Elle n'est pas la blonde insignifiante qu'il croyait. Elle l'a roulé.

Il a attendu une demi-heure qu'elle revienne avec l'auto avant d'aller voir ce qui se passait. En constatant que la voiture n'était plus là, il a compris que Sophie s'était sauvée et qu'elle lui avait demandé d'aller récupérer les bagages dans le seul but de pouvoir partir sans lui.

Il l'a trouvé très ingrate de se débarrasser de lui comme ça alors qu'il lui a montré tout ce qu'elle sait sur l'art d'être vampire.

Sans lui, Sophie aurait été perdue, quoiqu'il doit avouer qu'elle a appris très vite. Déjà, elle sait se changer en brume. Vlad ne peut s'empêcher d'éprouver une certaine admiration pour celle qui l'a si facilement déjoué. Sophie sera sûrement surprise de le revoir, et elle le respectera en voyant qu'il est parvenu à la retrouver. Ils ont eu du plaisir ensemble et Vlad se dit que ce n'est pas encore terminé.

Il se lève, abandonnant la valise de Sophie derrière lui. Le service de sécurité de l'aéroport la fera sans doute sauter. Vlad saisit sa propre valise et marche vers la sortie.

Une fois dehors, il longe l'immense stationnement et suit les voitures qui se dirigent vers la route. Chemin faisant, il retire de sa poche le permis de conduire de Sophie et le contemple d'un air satisfait. Vlad se demande si la jeune fille s'est aperçue qu'il n'était plus dans son portefeuille. Il l'enfouit dans sa poche en se félicitant d'avoir eu la bonne idée de le prendre dans son sac à main pendant qu'elle jouait aux machines à sous à Las Vegas. Il a toujours eu ses petites amies à l'œil depuis le jour où Larina s'est sauvée du bac pendant une tempête. Il avait déjà le mal de mer à l'époque et, quand il s'était rendu compte que Rina n'était plus là, il avait cru qu'elle avait passé par-dessus bord. Il avait même versé quelques larmes. C'était dommage. Rina était très belle, innocente et il se trouvait bien en sa compagnie. Ce qui lui plaisait surtout, c'était les regards envieux des autres garçons quand elle marchait à ses côtés. Il avait réussi à la garder auprès d'elle à force de magie et d'intimidation, et il avait été sincèrement peiné par sa disparition. Mais lorsqu'il avait découvert que sa valise en cuir ne se trouvait plus dans leur cabine, son chagrin s'était changé en une rage terrible. Elle avait comploté contre lui! Elle avait tenté de lui faire croire qu'elle avait peur de l'eau alors qu'elle savait nager! Car c'était la seule explication plausible: Rina avait délibérément plongé dans l'eau avec sa valise.

Depuis ce jour, il ne fait jamais confiance à ses petites amies. L'expérience lui a montré que les filles peuvent être aussi rusées et menteuses que lui.

Des voitures passent rapidement près de lui et Vlad tousse après avoir inhalé leurs gaz d'échappement. Il déteste le monde moderne, mais personne ne peut arrêter le temps, pas même un vampire.

Planté devant le panneau annonçant la jonction de l'autoroute, Vlad sourit et lève le pouce.

๑ ๑ ๑

Lorsque Vincent rentre chez lui, il est accueilli par les accords des *Canons* de Pachelbel. Il esquisse un sourire. C'est la première fois que ses parents écoutent de la musique depuis la mort de sa sœur. Un jeu de cartes est disposé sur la table et, à voir la mine réjouie de son père, Vincent devine que c'est lui qui est en train de gagner.

Sa mère lève les yeux vers lui.

— Bonsoir.

Elle a des cheveux blonds courts effilés sur les côtés, mais ses sourcils et ses cils sont bruns. Son nez est long et droit. Les gens disent que Vincent est son portrait tout craché, mais le jeune homme n'a jamais pu voir la ressemblance.

— J'ai dû te rater après l'école. J'étais allée au supermarché. Tu es sorti avec tes amis?

— Oui, marmonne Vincent.

Il ne peut même pas leur dire que Jérémie est mort. En songeant à son ami, Vincent a un serrement de cœur. Comment Jérémie peut-il avoir disparu? Il sent les larmes lui venir aux yeux.

— Il faut que j'aille faire mes devoirs, dit-il d'une voix étranglée. Je dois me rattraper.

Si Rina et lui retournent à l'école comme si de rien n'était, cela signifie qu'il va devoir monter dans sa chambre et se taper trois chapitres de son manuel d'histoire.

— Est-ce que tu as soupé? demande sa mère.

Manger. Vincent a oublié de manger.

— Je vais me faire un sandwich.

— Je t'ai eue! dit monsieur Ruest à son épouse en posant une carte sur la table.

Lorsque Vincent entre dans la cuisine, des rires préenregistrés lui parviennent de la pièce voisine. Son jeune frère Danny regarde la télévision dans le séjour. Vincent prend quelques tranches de fromage dans le réfrigérateur et les flanque entre deux tranches de pain.

Il grimpe l'escalier quatre à quatre tout en mordant dans son sandwich. Il n'a pas vraiment faim, mais il faut bien qu'il s'alimente. Il entre dans la salle de bains et vérifie le tuyau d'écoulement dans l'armoire sous le lavabo. C'est bien ce qu'il pensait: une collerette en cuivre enserre le tuyau, de sorte qu'il n'y a pas le moindre espace béant autour du renvoi. Il y a quelques années, après que des souris se sont introduites dans la maison, sa mère a fait boucher toutes les ouvertures dans les murs de la maison. Vincent n'aurait jamais cru qu'il serait un jour reconnaissant à ces souris.

Il entre dans sa chambre, s'assure que la fenêtre est verrouillée et tire les rideaux. Il jette un coup d'œil à la pile de livres sur son secrétaire, vaguement conscient d'avoir pris du retard dans ses études. Il s'assoit et ouvre son manuel d'histoire.

Il a tôt fait de terminer un chapitre, mais il n'a pas la moindre idée de ce qu'il a lu.

Vincent referme le livre dans un claquement. Il refuse de croire que la situation est désespérée. En dépit de tout, une petite flamme d'espoir brûle encore en lui. Il prend une douche, enfile un pyjama, se glisse dans son lit et sombre dans un sommeil agité.

CHAPITRE 4

— Sophie! Que je suis contente de te revoir!

Marianne Handfield saute au cou de son amie lorsqu'elle descend de sa voiture dans le stationnement de l'école le lendemain matin.

— J'ai failli perdre connaissance quand tu m'as téléphoné hier soir. Ma mère a dit que je suis devenue blanche comme un drap en entendant ta voix. On pensait tous que tu étais morte! Tu ne peux pas savoir à quel point je suis soulagée de voir que tu es saine et sauve...

La voix de Marianne traîne tandis qu'elle examine les yeux de Sophie d'un air curieux.

Cette dernière avale sa salive avec difficulté et s'empresse de mettre ses lunettes de soleil.

— C'est bon d'être de retour. Ça fait tellement étrange de voir dix jours rayés de ma vie comme ça.

Laura Blais touche l'épaule de Sophie d'une main hésitante, comme pour s'assurer que son amie est bien vivante. Tout à coup, elle frissonne et lève les yeux vers le ciel.

— Je crois que l'automne arrive à grands pas.

Sophie se rend compte qu'il faudra qu'elle se nourrisse pour se réchauffer. Elle se surprend à fixer l'artère qui bat doucement dans le cou de Laura. Ses canines sortent de leur gaine.

Bientôt, une foule d'élèves l'entoure.

— Content de te revoir, Sophie.

Les souhaits de bienvenue fusent de toutes parts.

— Tu ne te souviens vraiment de rien ? demande quelqu'un.

Sophie fait signe que non et presse ses doigts sur ses tempes.

— J'ai peut-être subi une commotion cérébrale à cause de l'agression. Mais ce n'est qu'une supposition, car je n'ai aucun souvenir de ce qui a pu se passer. Tout ce que je sais, c'est que je me suis retrouvée au volant de ma voiture sur le boulevard Marceau.

La rumeur s'élève autour de Sophie.

— Bizarre, dit une voix.

— Crois-tu que madame Rouleau va te donner plus de temps pour terminer ton essai ?

— Voyons! C'est le dernier de ses soucis pour l'instant!

— Es-tu certaine d'être déjà prête à reprendre les cours? Peut-être que c'est trop vite. Il ne faudrait pas que tu te surmènes et que tu fasses une rechute.

— Vous êtes tous si gentils, murmure Sophie en promenant son regard autour d'elle d'un air désemparé. J'ai les idées un peu embrouillées ce matin, mais je crois que ça va s'arranger. Je tiens à vous dire que c'est dans des moments comme celui-ci qu'on découvre qui sont nos vrais amis.

Sophie sourit et envoie un baiser à ses camarades de classe.

☺ ☺ ☺

Un groupe d'élèves attend Vincent à l'entrée de l'école. Marianne sautille sur place, excitée.

— As-tu parlé à Sophie? demande-t-elle d'une voix perçante. Elle est ici! Elle est revenue!

Vincent fait signe que non. En entendant le nom de Sophie, il a l'impression d'être un boxeur qu'on a mis K.-O. Toutefois, il demeure impassible.

Marianne lui lance un regard en dessous.

— Sophie ne t'a pas appelé? J'aurais cru

47

que c'est à toi qu'elle aurait voulu parler en premier. Tu es au courant qu'elle est amnésique ?

— Je croyais que l'amnésie était réservée aux héros de téléromans, dit Xavier Savoie.

— Le médecin a expliqué à Sophie que ça survient parfois chez des gens soumis à un stress intense.

— Si c'était vrai, on serait tous amnésiques la veille d'un examen, plaisante une fille prénommée Élizabeth.

Marianne baisse le ton.

— Qui sait ce qui lui est arrivé après qu'elle a été kidnappée ? Elle a peut-être été témoin d'un meurtre.

Vincent sent un fou rire monter en lui. Sophie a bel et bien été témoin d'un meurtre, mais personne ne saura jamais que c'est elle, l'assassin. Il a une boule dans la gorge en songeant à Jérémie.

— Ce que je ne comprends pas, c'est comment elle a pu se manifester lors de la séance si elle n'est pas morte, dit Marianne.

— Hystérie collective, peut-être, propose Élizabeth. Vous avez cru entendre sa voix, mais ça ne s'est pas réellement passé.

— Tu racontes n'importe quoi, intervient Xavier. J'étais là et je l'ai très bien entendue. Tu veux me faire croire que j'ai tout imaginé ?

— Et toi, Vincent ? Qu'en penses-tu ? demande Élizabeth.

Ce dernier secoue la tête d'un air hébété.

— Je ne sais pas. Je crois que je suis en état de choc.

Il doit faire appel à toute sa volonté pour ne pas déballer la vérité.

— Tu dois être soulagé de voir que Sophie n'a rien, dit Marianne en posant une main sur l'épaule de Vincent dans un geste de sympathie.

Tous les élèves ont les yeux braqués sur lui.

— Oui, dit-il, mal à l'aise. Très soulagé.

— Pauvre Sophie..., commence Marianne.

Vincent est incapable d'en supporter davantage. C'est pénible pour lui de rester là à écouter les autres plaindre Sophie alors qu'il sait qu'elle a tué Jérémie et qu'elle veut l'éliminer aussi.

— Il faut que j'aille à mon casier, marmonne-t-il en s'éloignant du groupe.

Il sent que les élèves le suivent du regard tandis qu'il s'éloigne. Ses amis trouvent probablement qu'il agit curieusement. Peut-être qu'il n'aurait pas dû partir aussi vite. Ne dit-on pas que plus on est nombreux, moins il y a de danger ?

Vincent ignore comment il réagira quand il

croisera Sophie. Et si elle essaie de faire comme si rien n'avait changé entre eux? Il frémit en se rappelant qu'elle avait l'habitude de se tenir si près de lui qu'il sentait son souffle chaud dans son cou. Aujourd'hui, il a la chair de poule à la seule pensée de la laisser s'approcher de lui.

En entrant dans l'école, Vincent aperçoit Sophie qui tourne le coin d'un couloir et vient vers lui. Son sang se glace dans ses veines lorsqu'elle lui sourit. Il a les mains moites et son cœur bat à tout rompre.

De son côté, Sophie est un peu blême, mais elle est toujours la même. Seuls ses yeux pâles lui rappellent qu'elle a horriblement changé.

Une bande d'élèves un peu bohèmes font irruption dans l'édifice en bavardant. L'un d'eux porte un pantalon très ample, des chaussettes turquoise et des sandales. Un autre a des cheveux longs et sales et une barbiche blonde tirant sur le roux. Deux filles sont vêtues de longues jupes indiennes et de chandails molletonnés vert olive.

— Vincent!

Sophie lui adresse un sourire affecté et lui tend les bras.

Le jeune homme recule et avale sa salive avec difficulté.

— Tu fais de l'amnésie, paraît-il, lance Vincent d'une voix rauque.

Il fixe les yeux pâles et durs de Sophie. Il ne se souvient absolument pas de quelle couleur ils étaient avant.

Sophie sort ses lunettes soleil de son sac à main et s'empresse de les mettre.

— Mes parents m'amènent voir un psychologue à midi. Je suppose qu'ils veulent savoir pourquoi j'ai perdu la mémoire.

Elle lui adresse un sourire enjôleur.

— J'ai tenté de prendre contact avec toi hier soir. Je suis vraiment désolée de t'avoir manqué !

Vincent est furieux.

— Eh bien, moi, je ne veux pas te voir, dit-il d'une voix voilée.

Il constate avec embarras que ceux qui les observent sont bouche bée. Sa réputation de gentil garçon vient d'en prendre un coup.

— Comment peux-tu dire ça ? Pourquoi es-tu si méchant avec moi ? demande Sophie d'une voix pleurnicharde.

Vincent pivote sur ses talons et s'éloigne. Il a la bouche sèche et a mal au cœur.

— C'est Rina qui t'intéresse, hein ? hurle Sophie. C'est pour ça que tu te conduis comme tu le fais !

Vincent se retourne.

— Rina n'a rien à voir là-dedans et tu le sais très bien.

« Espèce de vampire », a-t-il envie

d'ajouter. Mais il se ressaisit. S'il commence à parler de vampires, il est certain de voir arriver des hommes en sarrau blanc.

— Rina n'est pas différente de moi! crie Sophie d'une voix grinçante. Elle ne vaut pas mieux que moi!

Vincent plisse les yeux. Si Sophie continue comme ça, dans une minute elle avouera qu'elle est vampire.

— Vas-y, Sophie, dit Vincent d'un ton égal. Vide ton sac.

Sophie promène son regard autour d'elle et s'aperçoit que tout le monde est suspendu à ses lèvres.

— C'est tout ce que j'ai à dire, déclare-t-elle sèchement. Tu vas regretter de m'avoir traitée comme ça.

La première sonnerie retentit et Vincent sursaute. Il se met à courir et dérape lorsqu'il tourne le coin d'un couloir. En voyant Rina debout devant la classe de madame Leclerc, il s'arrête brusquement.

— Rina!
— Vincent!

Elle pose une main sur sa poitrine.

— Tu n'as pas eu d'autres ennuis avec Sophie hier soir, n'est-ce pas? J'étais morte d'inquiétude. J'ai failli venir chez toi pour te protéger, dit-elle en rougissant, mais j'avais peur que tu ne sois pas d'accord. L'autre jour, tu as dit que je ne devais plus te visiter la nuit.

— Écoute, Rina. Je viens juste de voir Sophie. Elle est ici. Et elle m'a dit qu'elle était vraiment désolée de m'avoir manqué hier soir !

Rina cligne des yeux.

— Elle est ici, à l'école ? Aujourd'hui ? Je ne pensais pas qu'elle reviendrait aussi vite.

— Je sais. Je n'arrive pas à y croire non plus. À partir de maintenant, Rina, on sort ensemble. On va devenir inséparables.

Rina lui adresse un sourire timide.

— Oh ! Vincent ! C'est merveilleux.

— Ce n'est pas pour vrai, dit-il d'un ton exaspéré. C'est seulement pour que Sophie garde ses distances. C'est toi qui as dit qu'il fallait rester ensemble.

Rina baisse les yeux.

— Tu as raison. J'avais oublié.

Vincent se sent comme le pire des salauds de profiter de Rina comme ça. Elle lui a avoué qu'elle l'aimait, et voilà qu'il lui demande de faire semblant d'être sa petite amie. C'est odieux. Cruel, même.

— Ça ne servirait à rien d'expliquer aux gens que je romps avec Sophie parce qu'elle est devenue vampire, dit-il en évitant son regard. On me prendrait pour un fou. Mais si je la laisse tomber parce que je te préfère à

53

elle, c'est différent. Sophie ne se rendra pas ridicule en me poursuivant dans toute l'école si tout le monde sait que c'est moi qui ai rompu.

— Bonne idée, approuve Rina.

La deuxième sonnerie annonce le début des cours et les élèves passent près de Vincent en entrant dans la classe. Ce dernier remarque que certains de ses camarades le regardent déjà de travers. C'est incroyable comme les rumeurs se répandent vite dans les murs d'une polyvalente.

Vincent se dirige vers son bureau d'un pas incertain. En s'assoyant, il laisse échapper un long soupir.

Stéphane Giguère se retourne et lui sourit.

— Il paraît que tu as laissé tomber Sophie.

Vincent hausse les épaules.

— On a rompu. Ce sont des choses qui arrivent.

— C'est ça. Achève-la donc, tant qu'à y être.

Vincent serre et desserre les poings, impuissant.

Satisfait de voir que le coup a porté, Stéphane sourit d'un air suffisant et se retourne.

Vincent fixe sa nuque, le souffle court. Il

sait qu'il passe pour un salaud en laissant tomber Sophie maintenant. Mais il ne doit pas s'en faire pour ça. Plus que jamais, il est bien déterminé à rester en vie.

CHAPITRE 5

À l'heure du dîner, Vincent achète une tablette de chocolat d'un distributeur automatique et sort de l'école. Il n'a pas le courage d'affronter les regards accusateurs des autres à la cafétéria. Il se dirige vers un endroit tranquille entre deux ailes de l'école et s'installe sur la pelouse.

Il est assis depuis quelques instants seulement lorsque ses cheveux se hérissent sur sa nuque sous l'effet d'une brise fraîche. En apercevant une paire de tennis neufs tout près de lui, Vincent lève lentement les yeux et croise le regard de Rina.

— Salut, dit la jeune fille. Je peux m'asseoir ?

Le cœur de Vincent se met à battre plus vite. C'est insensé, mais il est content de la voir.

— Bien sûr, dit-il d'un ton bourru.

Rina s'installe à côté de lui.

— Tu en veux une bouchée ? demande Vincent en lui tendant sa tablette de chocolat.

— Non, merci.

— Mais où ai-je la tête ? dit-il d'un ton ironique. Tu ne manges pas.

Il mord à belles dents dans la plaque de chocolat.

Les yeux de Rina s'emplissent de larmes.

— Tu ne peux donc pas oublier pour un instant que je suis vampire ?

— Rina, je l'oublie sans cesse. C'est pour ça que je suis dans le pétrin maintenant.

Tout à coup, c'est plus fort que lui. Vincent tend le bras et effleure la joue de Rina du bout des doigts. Il sourit.

— Tu me plais.

— J'aimerais tellement être de nouveau humaine, murmure-t-elle.

Vincent a un pincement au cœur. Être avec Rina, c'est un peu comme visiter un parent ou un ami en prison. On le voit à travers la vitre et on meurt d'envie de le serrer dans nos bras, mais c'est impossible.

— Oui, dit-il en déposant l'emballage vide par terre.

Il a mangé tout le chocolat, mais il a encore faim.

— Il faut voir le beau côté des choses, ajoute-t-il avec un pauvre sourire. Sophie est chez le psychologue en ce moment. Au moins, on n'a rien à craindre pour la prochaine heure.

— Si Sophie n'est pas à l'école, pourquoi te caches-tu ici?

— Je ne me sentais pas capable d'entrer à la cafétéria et de voir tout le monde me montrer du doigt en disant : « Eh ! c'est le gars qui a laissé tomber la pauvre Sophie ! »

Il laisse échapper un rire bref.

— Je me demande ce que je faisais avec une fille comme elle. Quel cauchemar !

— C'est ma faute, dit Rina.

Vincent s'adosse au mur de brique et prend une grande inspiration.

— Oui, c'est ta faute. Après tout, c'est toi qui as changé Sophie en vampire. Mais je ne peux pas m'empêcher de penser qu'il y a toujours eu un peu de méchanceté en elle. Maintenant qu'elle est devenue vampire, c'est seulement plus flagrant. Je me sens stupide d'avoir été amoureux d'elle.

— Quand les gens ont belle allure, on se laisse facilement tromper, dit Rina. Pour moi, ç'a été la même chose avec Vlad, le gars dont je t'ai parlé. Je l'aimais et je croyais qu'il m'aimait aussi, mais il m'a forcée à devenir vampire. Je me suis débattue, mais il était plus fort que moi.

Son regard s'assombrit.

— S'il m'avait vraiment aimée, il ne m'aurait pas pris ma vie.

Vincent s'est souvent interrogé sur le passé de Rina. Mais aujourd'hui, il n'a pas envie de l'entendre dire qu'elle a été amoureuse d'un autre gars. Il passe son bras autour de ses épaules frêles et la serre contre lui.

— Oublie-le, Rina. C'était une crapule.

— Je n'y arrive pas ! Depuis quelque temps, je songe souvent à ce qu'était ma vie avant, et on dirait que les mauvais souvenirs resurgissent en même temps que les bons. Et toi ? commence-t-elle timidement. Te souviens-tu des bons moments que tu as passés avec Sophie ?

— Non, répond Vincent. Je suis trop en colère pour me rappeler les jours heureux. Tout ce que je sais, c'est qu'on est tous dans la merde à cause de moi.

— Tu n'as pas à te blâmer.

— Au contraire, Rina ! Tu es vampire aussi, et pourtant, tu n'es pas du tout comme Sophie. J'aurais dû me douter qu'elle m'attirerait des ennuis. Je m'en veux tellement.

Il fronce les sourcils.

— Les gens se montrent toujours sous leur meilleur jour quand ils veulent qu'on les aime. C'est normal, non ? Je le fais aussi.

— Sophie a des jambes superbes, fait remarquer Rina.

Vincent rit.

— C'est vrai. Je n'ai jamais vu de vampire avec d'aussi belles jambes.

— Les gars ne se lassent pas de les admirer.

— C'est bien d'avoir de belles jambes, dit Vincent.

Son regard s'adoucit tandis qu'il dévisage Rina.

— Mais c'est encore mieux d'avoir bon cœur.

— Tu crois ?

— J'en suis sûr.

᠊᠊᠊ ☯ ☯ ☯ ᠊᠊᠊

De retour à l'école après le dîner, Sophie entre dans la classe d'anglais. Madame Leclerc lui dit à quel point elle est heureuse de la revoir, mais elle chancelle sur ses talons hauts et manque de tomber tout en reculant. « Peut-être qu'elle s'imagine que l'amnésie est contagieuse », pense Sophie avec amusement.

— Tu ferais mieux d'aller t'asseoir, dit l'enseignante d'un ton nerveux. Il faut que tu ménages tes forces.

Sophie sourit et s'installe à sa place. Elle n'a jamais prêté attention à madame Leclerc avant. Aujourd'hui, cependant, elle se surprend à l'examiner attentivement et remarque à quel point l'enseignante est petite et rabougrie. Elle a le cou décharné, les épaules voûtées et la poitrine creuse. Sophie a du mal à croire que le corps de cette femme contient près de cinq litres de sang chaud.

Elle scrute ses camarades de classe l'un après l'autre, à la recherche de quelqu'un de plus consistant à se mettre sous la dent. Marianne lui adresse un bref sourire et, de son écriture tout en fioritures, continue à tracer le nom de Jasmin Parenteau dans la marge de son cahier de notes.

Sophie observe son amie, se rappelant que Marianne va toujours se brosser les cheveux aux toilettes en sortant de la classe d'anglais. Jasmin Parenteau est dans leur cours de mathématiques et Marianne fait tout pour attirer son attention.

Derrière elle, Laura se penche et lui souffle à l'oreille :

— Est-ce que c'est vrai que tu es amnésique ?

Sophie fait un signe affirmatif.

— Le médecin prétend que je pourrais retrouver la mémoire tout d'un coup... ou jamais.

— C'est curieux, dit Laura respectueusement.

— S'il vous plaît !

Madame Leclerc tapote sur le bureau avec son crayon.

— Je sais que vous êtes tous impatients de souhaiter la bienvenue à Sophie.

Les applaudissements éclatent dans la classe.

— Bravo, Sophie ! crie quelqu'un.

— Mais nous avons beaucoup de matière à voir avant l'examen de vendredi, continue madame Leclerc. Alors, au travail ! Ouvrez votre livre à la page cent cinq.

À la fin du cours, Sophie se lève et sourit en voyant Marianne s'approcher.

— Est-ce que ça te rend folle, tous ces gens qui te tournent autour ? demande Marianne. Je suppose qu'ils te posent toujours les mêmes questions.

— Ça va. Tout le monde est extrêmement gentil avec moi.

« Sauf Vincent », pense Sophie.

Les deux amies marchent ensemble et Sophie suit Marianne dans les toilettes. Les deux fenêtres au-dessus de leur tête étant en verre dépoli, personne ne peut les voir de l'extérieur, note Sophie. Par contre, quelqu'un pourrait très bien entrer. La jeune fille repère dans un coin le morceau de bois qu'utilise le concierge pour tenir la porte ouverte quand il fait le ménage. Elle le déplace furtivement avec son pied de façon que le bout étroit glisse sous la porte, la coinçant du même coup.

Marianne sépare ses cheveux roux frisés et quelques mèches tombent devant ses yeux.

— Il paraît que Vincent et toi avez des problèmes.

— On a rompu, dit Sophie en serrant les poings. Mais je vais le reconquérir. Compte sur moi.

— Je n'ai pas osé t'en parler avant, dit Marianne, mais il s'est beaucoup rapproché de la nouvelle pendant ton absence.

— Rina. Je la déteste, dit Sophie tout bas.

Ses crocs lui frôlent la langue tandis qu'elle regarde fixement la gorge de son amie.

— Ne bouge pas, Marianne !

La jeune fille reste immobile, effrayée.

— Quoi ? Est-ce que j'ai une bestiole dans le cou ?

— Oui, juste là.

Sophie soulève les longs cheveux de Marianne d'une main, puis elle penche la tête et mord profondément dans la chair tendre de son cou. Dans le miroir, elle aperçoit Marianne qui écarquille les yeux, la bouche toute grande ouverte. « Elle ne se souviendra de rien », pense Sophie avec satisfaction. Elle soutient Marianne lorsque ses genoux cèdent et la dépose doucement sur le carrelage. À genoux à côté d'elle, elle avale le sang goulûment, ivre de plaisir.

Tout à coup, elle entend des voix à l'extérieur. Quelqu'un essaie d'entrer.

— Hé! la porte est bloquée, crie une voix.

— Pousse encore, dit quelqu'un.

Sophie s'empare d'une serviette en papier dans le distributeur et éponge les gouttes de sang dans le cou de Marianne. Celle-ci repose par terre, les genoux fléchis et la bouche ouverte. Seules deux petites marques sont visibles à la base de son cou. Sophie jette un coup d'œil anxieux par-dessus son épaule et boutonne le chemisier de Marianne jusqu'en haut pour cacher l'ecchymose.

— Au secours! crie-t-elle. Marianne a perdu connaissance!

D'un geste brusque, elle enlève le morceau de bois qui bloque la porte. Cette dernière s'ouvre toute grande. Sur le point de perdre l'équilibre, Laura et une autre fille entrent en titubant. En voyant Marianne étendue par terre, Laura pousse un cri.

Un attroupement d'élèves se forme devant la porte.

— C'est Marianne! crie une voix. Qu'est-ce qui s'est passé? Qu'est-ce qu'elle a?

— Elle se brossait les cheveux, dit Sophie. Soudain, elle s'est affaissée.

— Non! gémit Laura en s'agenouillant tout près de Marianne. Appelez une ambulance!

Sophie éprouve soudain un sentiment d'effroi. Est-elle allée trop loin? Marianne est-elle morte?

— Je me sens plutôt faible, moi aussi, dit-elle. Peut-être que je devrais aller m'asseoir.

— Bon sang!

Xavier fait irruption dans la pièce, saisit Sophie par les épaules et l'entraîne dans le couloir. Il a l'air secoué.

— Tu as déjà eu assez d'ennuis comme ça. Viens t'asseoir.

— C'est peut-être une fuite de gaz, dit un élève. Le monoxyde de carbone peut parfois se répandre dans un édifice sans qu'on s'en rende compte. Sans avertissement, les gens se mettent à tomber comme des mouches.

Sophie se fraye un chemin à travers la foule massée devant les toilettes. Certains élèves commencent à verdir à l'idée de respirer un gaz toxique. Sophie sourit. Ils seraient encore plus verts s'ils savaient qu'un vampire se promène tranquillement parmi eux.

☻ ☻ ☻

Sophie espère croiser Vincent après

l'école, mais elle ne le voit nulle part. Peut-être qu'il cherche à l'éviter. Sophie est un peu déçue, car elle se réjouissait à l'avance à l'idée de le snober.

Plus tard, elle entend dire qu'après avoir découvert Marianne inanimée dans la salle de bains, quelques élèves avaient dû être hospitalisés suite à différents malaises. Une aile de l'école a été fermée, le temps qu'on vérifie s'il y a bel et bien une fuite de gaz. Personne ne semble croire que Marianne est morte, et Sophie se dit que la médecine moderne fait des miracles. Une fois que les médecins auront rempli Marianne de sang frais, elle sera comme neuve. Pourquoi s'en faire ? Il faut bien que les vampires se nourrissent.

En rentrant chez elle, Sophie trouve une note de ses parents sur le réfrigérateur.

Sophie,
Ton père et moi sommes partis rencontrer le docteur Mousseau pour discuter de tes résultats. Il y a un gâteau au chocolat sur le comptoir. Tu peux en prendre, mais ne sors pas de la maison. Je suis certaine que tu ne voudrais pas nous alarmer davantage. Nous te faisons confiance, ma chérie. Nous téléphonerons si nous sommes retardés.
Je t'embrasse
Maman.

Sophie pousse un soupir. Ses parents sont en train de la rendre folle. Ils la surveillent sans arrêt et lui interdisent de sortir. Déjà, elle regrette d'être revenue à la maison. On lui sert ses plats préférés matin, midi et soir, et Sophie doit les avaler sans rien dire devant l'insistance de ses parents. Elle a la nausée à force de se gaver de toute cette nourriture. Elle ne sait pas combien de temps encore elle pourra vivre chez elle.

Elle monte dans sa chambre et retire le collant qu'elle avait choisi pour cacher ses jambes livides. Elle enlève son chandail et laisse sa jupe courte tomber sur le plancher. Elle s'empare de son vêtement préféré dans la garde-robe, une robe en satin rouge dont le décolleté dégage les épaules. Elle l'enfile rapidement et admire son reflet dans le miroir, satisfaite. Puis elle prend le bracelet de Rina dans le tiroir de sa commode et le passe à son poignet. C'est encore mieux! Les feux des rubis font contraste avec sa peau blême. Sophie esquisse quelques pas de danse devant le miroir. Si seulement Vincent pouvait la voir comme ça, il ne pourrait jamais lui résister.

Sophie sursaute lorsqu'on sonne.

— J'arrive! crie-t-elle en se demandant qui ce peut bien être.

Ses amis passent toujours par-derrière d'habitude. Il doit s'agir d'un colporteur.

Pieds nus, elle court vers l'entrée. Ses longs cheveux blonds flottent dans son dos. Elle ouvre toute grande la porte et reste bouche bée en apercevant Vlad. Ses vêtements et ses cheveux ont l'air un peu poussiéreux, comme s'il avait parcouru à pied le trajet depuis l'aéroport. Une petite valise repose à côté de lui.

— Vlad! Quelle bonne surprise!

— Tu es partie sans moi, Sophie, dit-il d'une voix neutre en entrant dans la maison. J'avais l'air d'un idiot, debout sur le trottoir avec les deux valises.

— Je ne voulais pas te blesser..., commence-t-elle.

— Tu ne m'as pas blessé, l'interrompt Vlad. Ne t'en fais pas.

— J'espérais te revoir, dit Sophie avec un sourire affecté. On formait toute une équipe, hein? Mais il fallait que je règle certaines choses ici et j'avais peur que tu ne comprennes pas.

Vlad croise les bras sur sa poitrine et l'observe, amusé.

— Tu voulais me revoir, hein? Et comment allais-tu t'y prendre exactement?

— Bien... je sais où tu habites, improvise Sophie.

Vlad s'esclaffe.

— Tu es hilarante, Sophie.

— Tu trouves? demande-t-elle en clignant des yeux.

Elle déteste son rire supérieur. Dès le début, elle a soupçonné Vlad de la prendre pour une idiote parce qu'elle ne lisait pas autant de livres que lui.

Vlad s'assoit sur le canapé.

— Je t'ai appris tout ce que tu sais sur les vampires, n'est-ce pas?

— Oui. Et je t'en suis très reconnaissante.

— Tu étais désarmée quand je t'ai rencontrée. Tu voulais trouver un dentiste qui te limerait les canines, tu te souviens?

— Tu es fâché contre moi, dit Sophie d'un ton accusateur.

— Mais non!

— Oui, tu l'es. Je le sais au ton de ta voix.

— Bon, c'est vrai que je suis un peu ennuyé de voir que tu m'as planté là.

— Alors pourquoi es-tu venu si tu m'en veux?

— En fait, je suis un peu à court d'argent, répond-il en tendant la main.

Sophie fouille dans son sac à main sur le canapé et lui remet quelques billets.

— C'est tout ce que tu peux faire? demande Vlad après les avoir comptés. Tu as gagné beaucoup d'argent à Las Vegas.

— J'ai presque tout déposé à la banque, ment-elle.

Elle a caché le magot dans son tiroir de sous-vêtements, mais elle n'a pas l'intention d'en faire part à Vlad.

— Qu'est-ce que c'est que ça? demande soudain le jeune homme.

Il lui saisit le poignet brutalement. Sophie suit son regard.

— Un bracelet. Rien de plus. Je l'ai volé.

— À qui?

— À Rina. C'est celle qui m'a changée en vampire.

— Rina est ici? demande Vlad, interdit.

— Tu la connais?

— Si je la connais? répète Vlad en souriant. Nous sommes de vieilles connaissances. C'est moi qui ai fait d'elle un vampire.

— Je suppose que tu aimerais bien la retrouver, dit Sophie d'un ton plein d'espoir.

— Peut-être bien. On se comprend tous les deux, hein? Et on aime bien mener les choses à notre façon. Je parie que tu meurs d'envie de me dire où habite Rina.

— Elle demeure rue des Chênes, déclare Sophie sans hésiter. Tu n'auras pas de mal à repérer sa maison. Elle est grande et ressemble à un manoir hanté. Laisse-moi te tracer le chemin.

Elle s'empare d'un papier et d'un stylo sur la table.

— Je suis très contente qu'on se soit retrouvés, Vlad. Si on se donnait rendez-vous ce soir ? Tu pourrais venir me chercher à vingt heures. On pourrait souper ensemble et bavarder.

— Bien sûr, mon chou.

Il lui prend la main et la porte à ses lèvres.

— À ce soir, dit-il avant de sortir.

Dès qu'il est parti, Sophie bondit sur ses pieds.

— Franchement ! souffle-t-elle. Il est complètement cinglé. Je déteste son accent. Et son rire ! Beurk ! Il est temps pour moi de ficher le camp.

Elle en a assez de vivre chez ses parents, de toute manière. Qu'est-ce qu'elle attend ? Rina pense peut-être qu'elle peut protéger Vincent en restant constamment à ses côtés, mais elle ne l'accompagne pas jusque dans sa chambre. La nuit va bientôt tomber. Sophie décide d'aller chez les Ruest et de transformer Vincent en vampire sans plus tarder. Ensuite, elle le fera monter dans sa voiture tandis qu'il est faible et abasourdi, et ils quitteront la ville.

Le téléphone sonne et Sophie répond aussitôt. C'est la mère de Jérémie. Elle a l'air affolée.

— Non, madame Dalpé, je ne l'ai pas vu depuis hier soir.

Elle écoute la pauvre femme lui expliquer qu'elle a déjà alerté la police.

— Je suis désolée, dit Sophie. Je ne sais pas du tout où il peut être. Je regrette.

Elle raccroche et regarde par la fenêtre de la salle à manger. La voiture de Jérémie est garée dans la cour arrière, mais impossible de la déplacer puisque les clés se sont volatilisées avec Jérémie. Il faut qu'elle parte d'ici. Et le plus tôt sera le mieux.

CHAPITRE 6

Devant la maison de Rina, un homme en salopette monte dans un camion sur lequel on peut lire *Volets et auvents Ducharme*.

— C'était le dernier ! crie-t-il à l'ouvrier en haut de l'échelle. On s'en va.

Après le départ des ouvriers, Vlad sort de sa cachette dans le bois et fait le tour de la maison. Il remarque que la porte d'entrée a l'air toute neuve. Il y a encore de la sciure de bois sur le seuil de la porte. Rina se comporte comme quelqu'un qui a peur. Mais de qui ? De Sophie, peut-être ? Après tout, elle ignore encore qu'il est en ville. Vlad sourit. Réflexion faite, ce sera probablement plus simple de frapper à la porte que d'essayer d'entrer dans la maison sans être vu. Avant même que Rina puisse se remettre de sa surprise, il posera ses mains de chaque côté de son cou et l'hypnotisera.

Vlad tripote l'argent que Sophie lui a donné. Il a besoin de nouveaux vêtements. Pas question de se présenter chez Rina en haillons. De plus, il demandera à Sophie de lui montrer à conduire. Ensuite, peut-être qu'il pourra s'acheter une voiture. Presque tous les jeunes de son âge en ont une. De toute façon, il en a assez de faire de l'auto-stop. Il veut pouvoir aller où il veut quand bon lui semble.

🌀 🌀 🌀

— Veux-tu les mettre avant de partir ? demande l'assistante de l'optométriste avec enthousiasme.

La jeune femme est grassouillette et ses cheveux sont blonds et courts. Elle porte des jeans et un grand sarrau rose. Le nom de la clinique est brodé sur la poche.

— Tu peux t'installer là-bas.

— Merci, dit Rina.

Elle s'assoit derrière le comptoir et met ses verres de contact avec précaution. Elle découvre avec soulagement que tout est comme avant autour d'elle, même avec des lentilles teintées. Mais peu importe. Elle était prête à voir le monde en brun pour toujours afin de plaire à Vincent. Plus que jamais, elle veut avoir l'air humaine.

— Alors ? demande l'assistante.

— C'est parfait, répond Rina.

Elle se lève et prend son sac à main.

— Merci beaucoup.

Rina hésite au moment de sortir de la clinique, se demandant si elle prend la direction de la bijouterie ou de la biscuiterie. Soudain, une silhouette familière passe de l'autre côté du large couloir. Rina retient son souffle et recule de quelques pas.

— Est-ce que ça va ? demande la jeune assistante en se précipitant vers elle.

Rina porte la main à son cœur.

— N-n-non. Euh, oui. Oui, ça va.

— Tu en es sûre ?

Rina s'humecte les lèvres, les yeux rivés sur Vlad. Ce dernier a continué son chemin. Comment peut-il être ici, au Québec ? Elle ne l'a pas revu depuis cette nuit orageuse où elle a plongé du bac dans la mer sombre. Elle a nagé désespérément jusqu'au rivage, sa valise attachée autour de la taille. Elle est bonne nageuse, mais elle frémit encore aujourd'hui en songeant au risque qu'elle a couru en sautant dans une mer agitée. Mais le jeu en valait la chandelle puisqu'elle a réussi à échapper à Vlad. Rina cligne des yeux, se forçant à revenir dans le présent.

L'employée de la clinique la dévisage avec inquiétude.

— Tu es certaine que ça va ?

— Oui. Merci, murmure Rina.

Elle sourit à la jeune femme, sort de la clinique comme une flèche et se réfugie derrière un arbre planté au milieu du couloir. De là, elle distingue Vlad entre les branches. Il s'est arrêté devant un présentoir à bijoux à quelque six mètres de là.

Rina songe à changer de forme pour pouvoir s'approcher. Mais en regardant autour d'elle, elle se dit que quelqu'un pourrait la voir se métamorphoser. Elle se contente donc de tendre l'oreille.

— Avez-vous des bijoux ornés de rubis ? demande Vlad à la vendeuse.

Rina voit la vendeuse se pencher derrière le comptoir et déverrouiller l'armoire vitrée où sont placés les bijoux les plus chers.

C'est bien la voix mielleuse de Vlad. De plus, il a un léger accent, comme si le français n'était pas sa langue maternelle.

— Celles-ci sont très belles, dit-il en prenant une paire de boucles d'oreille. Combien coûtent-elles ?

La vendeuse marmonne quelque chose que Rina ne saisit pas. Vlad dépose alors les boucles d'oreille et place ses mains sur les épaules de la jeune femme. Cette fois, Rina entend clairement la vendeuse prononcer d'une voix monotone :

— Disons que je vous les laisse à cinq dollars. Ça représente un rabais de quatre-vingt-dix pour cent.

Aucun doute possible, c'est bien Vlad. Il a ensorcelé la vendeuse afin d'obtenir les boucles d'oreille à meilleur prix!

Rina tressaille. Si Vlad la trouve, il essaiera sûrement de l'envoûter de nouveau. Et s'il découvrait qu'elle est amoureuse de Vincent, il le tuerait sans hésiter.

Rina en a assez vu. Le cœur battant, elle sort du centre commercial.

🌀 🌀 🌀

Vincent entre dans la chambre de sa sœur. Des raquettes de tennis, des fanions et des affiches sont encore accrochés aux murs. Un hippopotame en peluche violet et une licorne blanche reposent à côté du lecteur de disques compacts. Vincent les touche doucement en se demandant ce que Suzie aurait pensé de Rina. Il ne sait trop pourquoi, mais il est convaincu qu'elles seraient devenues amies.

Il sort et ferme la porte sans bruit. Mais une fois dans le couloir, il reste figé. La voix de Sophie lui parvient d'en bas.

— Je ne serai pas longtemps. Je veux seulement lui remettre son disque compact.

Le sang de Vincent se glace. Il a tout vérifié : les fenêtres, la tuyauterie, et même la cheminée. Pourquoi n'a-t-il pas pensé que Sophie pourrait tout simplement sonner à la porte et demander à le voir ? Il aurait dû prévenir sa famille !

Il court dans sa chambre et verrouille la porte, sachant très bien que ce ne sera pas suffisant pour arrêter Sophie. La nuit tombe et elle sera bientôt en possession de tous ses moyens.

Il l'entend frapper à grands coups dans la porte.

— Vincent ? Ouvre ! Je ne suis plus en colère contre toi. Je veux simplement te rendre ton disque compact. Sans rancune !

« Sans rancune ! pense Vincent. Je veux seulement te changer en vampire. »

Il ouvre la fenêtre sans bruit et passe une jambe dans l'ouverture. Le souffle court, il réussit à se glisser sur le toit. Heureusement, il porte des chaussures de sport. Sinon, il n'aurait jamais pu se tenir debout. Il a une boule dans la gorge tandis qu'il tente de s'agripper à la lucarne. Lorsque c'est chose faite, il s'accroupit derrière et attend.

La porte de sa chambre s'ouvre avec fracas.

— Vincent ! crie Sophie.

Ce dernier sursaute en voyant la tête

blonde de Sophie dans l'ouverture de la fenêtre. Ses longs cheveux blonds flottent au vent à quelques mètres de lui. La jeune fille est terriblement silencieuse et Vincent se dit qu'elle doit être à l'affût du moindre son. Il a l'impression de respirer aussi fort qu'une locomotive, mais la brise qui agite les feuilles des arbres lui permet d'espérer que Sophie ne l'entend pas. Enfin, celle-ci se retire. Vincent entend la porte de sa chambre claquer, mais il n'ose pas redescendre. Sophie lui tend peut-être un piège.

Il aperçoit la Mazda de la jeune fille garée derrière sa propre voiture dans l'allée et se demande ce que Sophie peut bien être en train de raconter à sa mère.

Tout à coup, une voiture surgit au coin de la rue. Lorsqu'elle passe sous un lampadaire, Vincent reconnaît la Lincoln grise de Rina. Pendant un instant, il croit que Rina s'apprête à tourner dans l'allée. La voiture ralentit devant la maison, mais elle ne s'arrête pas.

« C'est le moment ou jamais », se dit Vincent. Il court sur le toit en pente, mais ses pieds se mettent à glisser. Mort de peur, le jeune homme avance petit à petit jusqu'au bord, puis il s'élance vers un chêne. Les branches lui fouettent le visage et égratignent ses mains et ses bras. Vincent tente d'agripper quelque chose, n'importe quoi. Il finit par saisir un morceau d'écorce et trouve appui sur une branche. Il regarde en bas. Le sol lui paraît encore très loin. Tandis qu'il descend prudemment, Vincent aperçoit les phares de la Lincoln à travers les branches. La voiture roule toujours et soudain, Vincent craint que Rina parte sans lui. Il lâche tout et atterrit brutalement sur la pelouse.

La grosse voiture grise avançant lentement le long du trottoir lui apparaît comme un mirage. Vincent bondit vers elle et ouvre la portière.

— Sophie est chez moi! Elle me poursuit!

— Vincent! J'étais tellement inquiète. J'ai vu son auto et je ne savais pas ce que je devais faire.

— C'est parfait, Rina. Tu as fait ce qu'il fallait. Roule!

Vincent regarde par-dessus son épaule tandis que Rina accélère. La Mazda de Sophie est toujours dans l'allée, mais ça ne veut rien dire. Vincent sait très bien que Sophie peut se changer en chauve-souris. Peut-être même qu'elle vole silencieusement derrière eux à l'instant même.

Une idée horrible lui traverse l'esprit.

— Bon sang, Rina! Tu crois qu'elle pourrait s'en prendre à ma mère ou à Danny? On ferait peut-être mieux d'y retourner.

— Je ne pense pas qu'elle a faim. En fait, je suis presque certaine qu'elle s'est nourrie cet après-midi à l'école. C'est toi qu'elle veut, Vincent.

— Super! Qu'est-ce que je suis censé faire maintenant? J'aurais dû prévenir ma mère. Sans lui dire que Sophie est vampire, j'aurais quand même pu la mettre en garde contre elle. Qui sait ce que Sophie est en train de lui raconter?

Il se tourne vers Rina.

— Tu dis qu'elle s'est nourrie cet après-midi? Qu'est-ce qui s'est passé?

— Tu n'es pas au courant? Marianne s'est évanouie dans les toilettes. Il paraît que Sophie était avec elle.

Vincent pousse un grognement.

— Marianne! Merde, Rina! C'était sa meilleure amie!

Il dévisage Rina, l'air crispé.

— Elle ne l'a pas...

— Je ne pense pas, non. J'ai entendu dire qu'on l'a conduite à l'hôpital en ambulance. Si Marianne avait été transformée en vampire, elle n'aurait pas laissé les ambulanciers la toucher.

Vincent enfouit son visage dans ses mains.

— Mais pourquoi Sophie ne me fiche-t-elle pas la paix? demande-t-il avec amertume. Elle pourrait s'en aller d'ici, tout simplement. Elle a toujours rêvé de quitter Mont-Norbert. Qu'est-ce qui la retient?

— Toi, probablement. Peut-être qu'elle t'en veut et qu'elle a décidé de te tuer. Ou alors elle souhaite faire de toi un vampire pour que vous soyez réunis.

— Elle n'a pas songé qu'une fois devenu vampire, je pourrais te choisir?

Rina sourit timidement.

— On fait parfois des bêtises quand on est amoureux.

— Sophie ne m'aime pas. Elle veut seulement me dominer.

Il frissonne en regardant par la vitre. Ils roulent maintenant sur le boulevard Marceau et se dirigent vers l'autoroute.

— Vincent, il faut que je quitte la ville, annonce Rina tout à coup. C'est pour te dire au revoir que je suis venue chez toi. Mes bagages sont dans le coffre.

Vincent est terrifié à l'idée de la perdre.

— Qu'est-ce qu'il y a? demande-t-il.

— Vlad est ici. Tu te souviens de lui?

Vincent grimace. Il s'en souvient parfaitement.

— Je croyais que tu ne le voyais plus. Comment t'a-t-il trouvée?

— Je ne sais pas! gémit Rina. Mais il faut que je parte. Vlad est très jaloux. S'il découvre mes sentiments pour toi, il pourrait te tuer. Et si je refuse de le suivre, il me tuera aussi. C'est un monstre d'égoïsme.

— Dans ce cas, il faudrait le présenter à Sophie. Ils feraient une belle équipe de salauds tous les deux.

— J'ai peur de lui, dit Rina d'une toute petite voix.

Vincent s'appuie contre le dossier de la banquette.

— Je pense qu'il serait temps de rendre visite à Mado.

— O.K., dit Rina. Qui est Mado?

— C'est ma grand-mère maternelle. Madeleine Fournier. Elle est très gentille et elle dirige une école d'équitation dans les Laurentides.

S'ils disparaissent pendant quelque temps, peut-être que les choses se tasseront. En tout cas, elles ne peuvent pas empirer.

— Est-ce que tu as pensé que Vlad et Sophie ont peut-être déjà fait connaissance? demande-t-il à Rina. L'autre jour, tu as laissé entendre que Sophie avait dû être initiée par un vampire.

Après tout, elle a été absente pendant dix jours.

Rina écarquille les yeux.

— Il faut partir! Vite!

Vincent passe son bras autour de ses épaules.

— Hé! calme-toi, Rina!

Celle-ci lui adresse un faible sourire.

— Au fond, je suis comblée. Avec toi, je n'aurai pas l'impression de fuir.

Vincent est content de la voir heureuse, mais l'angoisse l'habite toujours.

Il n'ose pas penser à ce qu'il dira à sa grand-mère au sujet de Rina.

CHAPITRE 7

Sophie est tellement frustrée qu'elle en pleurerait. Elle regarde partout dans la chambre de Vincent, même dans la garde-robe et sous le lit. Tant qu'à y être, elle jette également un coup d'œil dans les chambres voisines et dans la salle de bains. Puis elle descend l'escalier d'un pas léger.

— Il n'est pas là.

Madame Ruest fronce les sourcils.

— En es-tu certaine?

— J'ai regardé partout. Aucune trace de lui.

Elle sourit d'un air crispé.

— Je suppose qu'il m'en veut toujours. Il a dû sortir par la fenêtre et grimper sur le toit pour ne pas me voir.

— Voyons, Sophie! C'est ridicule. Il est probablement sorti sans que je m'en rende compte avant que tu arrives.

La mère de Vincent entrouvre la porte et jette un coup d'œil à l'extérieur.

— C'est curieux. Sa voiture est dans l'allée.

Elle ouvre la porte toute grande et son expression change subitement.

Sophie peut presque voir l'idée germer dans la tête de madame Ruest: et si son fils était désespéré au point de s'être sauvé par la fenêtre pour échapper à son ex?

— Donne-moi quand même le disque compact et je le lui remettrai plus tard, dit la mère de Vincent. C'est gentil d'être venue.

Elle paraît impatiente de se débarrasser de Sophie pour aller vérifier que son fils ne s'est pas cassé le cou en essayant de s'échapper.

Sophie pose le disque compact sur le piano.

— Dites-lui que je suis passée, d'accord?

Elle sort de la maison et constate qu'une pluie fine s'est mise à tomber. Elle monte dans la Mazda, démarre et franchit une centaine de mètres seulement avant de s'arrêter à quelques maisons de là. Puis elle descend de la voiture et se laisse dissoudre dans l'air humide tout en retournant vers la maison des Ruest. Lorsqu'elle atteint l'allée, elle n'est plus qu'une ombre dans le noir. La mère de Vincent passe près d'elle, armée d'une lampe de poche.

— Vincent?

Le capuchon de son coupe-vent tombe sur ses épaules lorsqu'elle lève la tête pour scruter le toit de la maison.

Tandis que Sophie l'observe en silence sous le gros chêne, elle sent l'odeur de Vincent qui colle à l'écorce de l'arbre. Mais le temps est si venteux et pluvieux qu'elle en perd vite la trace. Madame Ruest se dirige vers l'autre côté de la maison. Sophie l'entend encore appeler son fils au loin. « Il est sûrement avec Rina », pense-t-elle. À mesure que l'image de Vincent et de Rina se forme dans son esprit, l'ombre reprend la forme d'une jeune fille blonde.

Celle-ci ouvre la portière de sa voiture et se glisse derrière le volant, furieuse d'avoir raté une si belle occasion.

Maintenant, elle sait qu'elle ne peut pas rentrer à la maison. À l'heure qu'il est, ses parents ont sûrement découvert qu'elle a fait ses valises. Si elle retourne chez elle, ils ne la lâcheront pas d'une semelle. De plus, ils s'interrogent probablement sur la présence de la voiture de Jérémie dans la cour arrière. En fait, c'est un tas d'ennuis qui l'attendent à la maison. Sophie n'a plus le choix. Elle doit partir.

Soudain, elle se sent incapable de quitter la ville toute seule. Mais qu'est-il donc advenu de son projet de changer tous ses amis en vampires ? Elle regrette de ne pas avoir saisi l'occasion avec Marianne. Si seulement Laura ne s'était pas mise à cogner dans la porte, elle aurait eu le temps de transformer son amie en vampire. Au moins, elle aurait eu quelqu'un à qui parler. Sophie regrette également d'avoir éliminé Jérémie. Non seulement lui aurait-il tenu compagnie, mais il aurait aussi pu maîtriser Rina pendant qu'elle attaquait Vincent. Mais par-dessus tout, pourquoi a-t-il fallu que Vincent s'amourache de Rina ?

Sophie appuie son front sur le volant.

— Je le déteste ! lance-t-elle en sanglotant.

🌀 🌀 🌀

Quelques minutes plus tard, elle descend de la voiture devant chez Rina. La pluie gargouille dans les gouttières. Sophie avance avec précaution sur le sol détrempé. Il faut qu'elle sache si Vincent et Rina sont ensemble. Les caresses de Vincent lui manquent terriblement maintenant qu'elle imagine Rina à sa place. Peut-être qu'en ce moment même, ils sont assis sur le canapé dans le salon de Rina, joue contre joue. L'image de Vincent et de Rina enlacés prend toute la place dans sa tête. Ses souliers sont imbibés d'eau, mais Sophie n'arrive pas à se dématérialiser. Elle est incapable de faire le vide dans son esprit. Elle se contente donc de regarder dans le salon, le nez collé à la fenêtre.

— Salut, dit une voix grinçante dans son oreille.

— Vlad!

Ses cheveux frisés forment une sorte de halo autour de son visage et la lumière du salon fait ressortir ses pommettes hautes et ses yeux sombres. Il a l'air d'un ange cornu.

— Je croyais qu'on avait rendez-vous à vingt heures, dit-il.

Sophie consulte sa montre.

— Il n'est pas encore vingt heures.

— Pas tout à fait, non. En tout cas, tu n'as pas l'air pressée d'aller te préparer.

Vlad porte un blouson d'aviateur en suède qui a l'air tout neuf. Il l'a probablement acheté avec l'argent qu'elle lui a donné. Une boucle d'oreille ornée d'un rubis brille au lobe de son oreille.

— On ne peut pas dire que tu es en avance non plus! s'exclame Sophie.

Vlad sourit timidement.

— Pour être franc, je guettais Rina.

— Rina!

Sophie tape du pied dans une flaque d'eau et s'éclabousse la jambe.

91

— Qu'est-ce que vous lui trouvez donc tous?

Vlad hausse les épaules.

— Ce n'est pas facile à expliquer. Qui d'autre est amoureux d'elle? Un vampire? Je pourrais peut-être le tuer.

— Pas question! Vincent m'appartient.

— On dirait plutôt qu'il appartient à Rina, lance Vlad en riant.

Sophie le gifle.

Vlad porte la main à sa joue et dévisage Sophie d'un air piteux.

— Tu veux savoir pourquoi j'aime Rina? Premièrement, elle ne m'a jamais giflé. Pas une seule fois.

— Oh! ferme-la, dit Sophie sèchement. Si tu guettes l'arrivée de Rina, je suppose que ça signifie qu'ils ne sont pas là. Où peuvent-ils bien être?

— Je guettais Rina, corrige-t-il. Je me suis introduit dans la maison il y a quelques minutes à peine, et d'après ce que j'ai constaté, Rina a fiché le camp.

— S'il n'y a personne ici, je ne vois pas pourquoi on reste plantés sous la pluie, dit Sophie. Allons au moins nous asseoir dans ma voiture.

Peu à peu, une idée prend forme dans son esprit tandis qu'ils traversent la pelouse mouillée et montent dans la Mazda.

— J'ai une idée, Vlad. Voyons ce que tu en penses.

Vlad rit et s'appuie contre le dossier.

— Tu veux Vincent et je veux Rina. Si on unissait nos forces ?

— Tu as lu dans mes pensées !

— Ça m'arrive, parfois.

— Si tu es si brillant, dis-moi comment tu peux savoir que Rina s'est sauvée.

— Les tiroirs de sa commode étaient ouverts, comme si elle avait pris quelques vêtements à la hâte. J'ai aussi trouvé une boîte de cartes routières à moitié vide dans la cuisine. À mon avis, elle file sur l'autoroute. Elle n'a peut-être pas l'intention de revenir. Pas tout de suite, en tout cas.

— Mais elle a laissé les lumières allumées !

— Non. C'est moi qui les ai allumées.

— Comment es-tu entré ?

— J'ai cassé une vitre, répond Vlad en haussant les épaules. C'est simple, mais efficace.

— Vincent est certainement avec elle !

— Pas nécessairement. Il est peut-être avec une autre ou alors il est sorti pour quelques minutes.

— Ils sont ensemble, je le sens, affirme Sophie. Il a dû paniquer en m'entendant entrer chez lui. J'aurais dû être plus discrète. Mais je n'aurais jamais cru qu'il sauterait par la fenêtre. En faisant le tour de la maison, j'ai senti son odeur sur un arbre tout près de sa chambre, mais je l'ai perdue.

— C'est à cause des voitures, dit Vlad en soupirant. De nos jours, il n'y a plus moyen de retracer quelqu'un par son odeur.

— Mais son auto était dans l'allée !

— Il a très bien pu monter dans celle de Rina.

— Où sont-ils donc ? demande Sophie en serrant les dents.

— J'espérais que tu me le dirais. Tu connais bien la région. Ils sont peut-être à Montréal ou à Toronto. Ils choisiront sûrement une grande ville où ils passeront inaperçus.

— À moins que Rina ait déjà changé Vincent en vampire.

Vlad secoue la tête.

— Je ne connais pas Vincent, mais je connais Rina. Si elle l'aime, jamais elle ne fera de lui un vampire. Elle a le cœur trop tendre. Et Vincent ? Comment est-il ?

— Beaucoup trop tendre à mon goût.

— Les gens comme eux sont faits pour être humains, dit Vlad. Et nous, pour en faire nos proies.

Il sourit et Sophie aperçoit ses longues canines.

CHAPITRE 8

— À la prochaine halte routière, il faut que j'arrête appeler ma mère, dit Vincent. Quand elle verra que j'ai disparu et que ma voiture est toujours dans l'allée, elle va être malade d'inquiétude.

— Elle pense peut-être que tu es parti faire une promenade, dit Rina.

— Comme si j'avais l'habitude d'aller me balader sous la pluie.

— Tu le faisais, avant.

Rina a raison. Il y a quelques semaines à peine, la tombe de sa sœur l'attirait comme un aimant. Vincent se rendait au cimetière à toute heure du jour et de la nuit, beau temps mauvais temps.

Le jeune homme s'éclaircit la voix.

— Je sais ce que j'allais faire au cimetière, Rina. Mais je ne t'ai jamais demandé ce que toi, tu y faisais.

Il regrette aussitôt de lui avoir posé cette question. Si Rina commence à lui raconter qu'elle déterrait des corps, il saute de la voiture.

— J'aime le vieux cimetière, déclare-t-elle en fixant la route.

À la lueur des lumières du tableau de bord, Vincent voit des larmes briller dans ses yeux.

— Qu'est-ce qu'il y a ? demande-t-il en lui prenant la main.

— Tu te souviens du vieux chêne ? Celui dont les racines soulèvent les pierres tombales ? On dirait qu'il essaie de réveiller les morts. Quand je le regarde, j'ai l'impression que tout est possible. Les morts reviennent à la vie...

— Et les vampires redeviennent des êtres humains, termine Vincent à sa place.

Rina ne dit rien.

Vincent lui serre le genou dans un geste affectueux. Il regrette de ne rien pouvoir faire pour elle. Mais comme il aimerait mettre ses mains autour du cou de cette crapule de Vlad ! Il lui ferait payer toutes les souffrances qu'il a infligées à Rina.

Elle est si frêle, pense-t-il. Elle n'a que la peau et les os.

Mais peut-être que c'est normal quand on est vampire. Il se demande tout à coup si elle a besoin de sang pour vivre. Il lui vient même à l'esprit de lui offrir son propre sang, mais il ferme les yeux et s'oblige à inspirer profondément.

— Prends la sortie de la halte routière. Je vais conduire un peu.

Rina ralentit et se gare devant une maisonnette autour de laquelle sont disposés des bancs et des tables à pique-nique.

— Ne bouge pas, dit Vincent. Je vais donner un coup de fil à ma mère.

Il trouve les téléphones publics à l'entrée du pavillon, tout près des toilettes. Les pièces de monnaie glissent dans la fente avec un bruit sourd.

— Allô? dit la voix de sa mère.

— Salut, maman.

— Vincent! Où es-tu?

Ce dernier ferme les yeux et écoute sa mère qui lui fait part de la visite de Sophie.

— Qu'est-ce qui t'a pris de sortir par la fenêtre? J'ai eu peur que tu te sois cassé le cou! Danny et moi, on a pris des lampes de poche et on a fait le tour de la maison deux fois pour te trouver.

— Je suis désolé. J'aurais dû vous prévenir avant. Sophie ne venait pas pour me rendre un disque compact. Elle me cherchait parce qu'elle veut me tuer.

— Quoi? crie sa mère.

— Je crois qu'elle a complètement perdu la raison. Elle a peut-être subi des lésions au cerveau. Tu te rappelles ? Elle a disparu brusquement pour ne réapparaître que dix jours plus tard en disant à tout le monde qu'elle avait perdu la mémoire. Et voilà que, sans raison, elle menace de me tuer. Je me suis dit qu'il valait mieux que je parte.

— Si elle t'a menacé, Vincent, nous devons avertir la police.

— La police ne peut pas empêcher les meurtres, maman. Tu le sais. Tout ce qu'elle fait, c'est enfermer les coupables après qu'ils ont tué.

— Mais...

— J'ai besoin de changer d'air pendant quelque temps, l'interrompt Vincent. Tu sais à quel point la mort de Suzie m'a ébranlé. Je suis au bout de mon rouleau.

— Où es-tu donc ? demande sa mère d'un ton suppliant.

— Dans une halte routière sur l'autoroute du Nord.

— Comment peux-tu être sur la route alors que ta voiture est dans l'allée ?

La voix de sa mère paraît étrangement calme. Vincent devine qu'elle commence à se demander si ce n'est pas lui qui a perdu la raison.

— Je voyage dans la voiture de Rina. Est-ce que je t'ai déjà parlé de Rina Cargiale ? Elle est nouvelle à l'école. Elle est très gentille. On a passé beaucoup de temps ensemble récemment. C'est un peu pour ça que Sophie a mal réagi.

Il espère que sa mère n'a pas remarqué le tremblement de sa voix.

— Rina va me conduire chez Mado, ajoute-t-il.

— J'aimerais que tu me laisses appeler la police, Vincent, dit sa mère pensivement. Ton père et moi, on fera ce qu'on croit être le mieux.

— O.K., dit Vincent. Fais ce que tu veux.

Peu importe que ses parents alertent la police. Tout ce qui compte, c'est qu'il se tienne loin de Sophie.

— Écoute-moi bien, maman. C'est extrêmement important. Ne dis à personne où je suis. Sophie pourrait l'apprendre.

— Je comprends.

— S'il n'est pas trop tard, je te téléphonerai en arrivant chez Mado.

— Comme si je pouvais fermer l'œil avant de te savoir en sécurité !

Vincent sourit.

— Je serai prudent. Bonsoir, maman.

☙ ☙ ☙

Rina est assise sur un banc à l'extérieur du

pavillon et s'essuie les yeux avec un mouchoir de papier. Pourtant, elle devrait être heureuse. Vincent l'aime plus que Sophie maintenant. Cependant, ce n'est pas suffisant à ses yeux. Elle n'a pas envie d'être sa copine vampire ou sa soi-disant petite amie. Elle veut que quelque chose de réel grandisse entre eux. Quelque chose d'humain et de merveilleux. Mais tout cela semble juste hors de sa portée.

Un homme plutôt petit au nez crochu passe près d'elle. En le voyant, Rina se met à trembler.

— Niklas!

L'homme se retourne. Il a les cheveux grisonnants, les sourcils bien arqués et les yeux bruns. Debout à moins de deux mètres de Rina, il la regarde fixement. La jeune fille le voit cligner des yeux rapidement. Il avale sa salive avec difficulté et un sourire se fige sur son visage.

— Je suis désolé, marmonne-t-il. Vous devez me prendre pour quelqu'un d'autre.

— Niklas Grigorescu! s'écrie Rina. Que t'est-il arrivé?

Un petit garçon vêtu d'un coupe-vent court vers eux et saisit la main de l'homme. Il considère Rina de ses yeux sombres.

— Qui c'est, papa?

L'enfant doit avoir environ cinq ans. Il a l'accent québécois, contrairement à son père qui a un léger accent étranger.

Rina est tellement abasourdie qu'elle est incapable de prononcer un mot.

— Veuillez nous excuser, dit l'homme. Nous sommes pressés.

Rina le regarde s'éloigner avec le garçonnet et monter dans une voiture. Une femme est assise du côté du passager et un autre enfant se trouve sur la banquette arrière. La Chevrolet bourgogne démarre et reprend la route, mais pas avant que Rina n'ait pu lire le numéro d'immatriculation de la voiture. Elle sort un billet de cinq dollars de son portefeuille et griffonne le numéro dessus. Comme si elle allait l'oublier!

Vincent est ressorti du pavillon et se tient sous un lampadaire, frissonnant.

— Vincent! crie Rina. Il s'est passé quelque chose!

Le jeune homme blêmit.

— C'est Sophie?

— Non! Non!

Rina lui prend la main et l'entraîne vers la voiture.

— Qu'est-ce qu'il y a, alors? Donnemoi les clés, Rina. Je vais conduire.

Rina les lui remet et s'assoit du côté du passager. La longue voiture s'engage sur l'autoroute.

— J'ai vu quelqu'un que je connais!

— Qui ? demande Vincent avec précaution.

— Il s'appelle Niklas. C'était un ami de Vlad.

Vincent laisse échapper un grognement.

— Oh non ! On a déjà assez de deux vampires à nos trousses. Tu crois qu'il est toujours en contact avec Vlad ?

— Je suis certaine que non.

— Et pourquoi ?

— Parce qu'il est réel ! Niklas est devenu humain ! Il a vieilli ! Il a une femme et deux enfants !

Vincent pousse un long soupir.

— Calme-toi, Rina.

— Je ne peux pas ! C'est formidable !

Sa voix se brise.

— Tu ne comprends donc pas ? Niklas sait sûrement comment on redevient humain !

Vincent lui prend la main. Ses yeux restent rivés sur la route, mais Rina constate qu'il a l'air ému.

— Je voudrais tellement que tu puisses réaliser ton rêve, Rina.

Celle-ci retire vivement sa main.

— Tu ne me crois pas !

— Je crois que tu as vu quelqu'un qui ressemble à Niklas.

— C'était lui ! J'en suis sûre !

— Rina, tu sais à quel point la mort de

ma sœur m'a bouleversé. Au début, je croyais la voir partout. J'entendais un bruit et je me retournais subitement en m'imaginant que c'était elle. Je voulais tellement la revoir que je commençais vraiment à croire qu'elle allait revenir.

— Ce n'est pas la même chose, dit Rina. J'ai noté le numéro de sa plaque.

Ils roulent en silence pendant quelques minutes.

— Pourquoi tu ne me crois pas? demande-t-elle d'une voix plaintive.

Vincent lui serre la main.

— N'essaie pas de me ménager, ajoute-t-elle en sanglotant. C'est important pour moi!

— Rina, les morts ne ressuscitent pas.

— Je ne suis pas réellement morte.

Vincent reste silencieux.

— Tu as raison, Rina, finit-il par dire. Je ne sais plus ce qui est possible et ce qui ne l'est pas. J'espère que tu retrouveras cet homme.

Rina serre les poings.

— Il le faut.

CHAPITRE 9

Il est presque minuit lorsque Vincent s'engage sur la petite route qui mène chez sa grand-mère. Les phares de la voiture éclairent brièvement la clôture bordant le chemin au bout duquel s'élève une maison à charpente de bois.

— L'écurie est là-bas, dit Vincent en désignant un bâtiment flou dans le brouillard. Est-ce que tu montes à cheval?

La gorge de Rina se serre.

— Non. Je ne peux pas.

— Je pourrais te montrer.

— C'est impossible, Vincent. Aucun cheval ne se laisse monter par un vampire. Je n'ai qu'à m'approcher de l'écurie pour que les chevaux ruent et se cabrent dans leur stalle.

— Dommage, dit Vincent.

Le ton de sa voix est posé, mais Rina aurait préféré qu'il manifeste un peu d'émotion. Elle a l'impression d'être assise à côté d'une bombe à retardement.

La voiture avance en cahotant et s'immobilise devant la porte.

— J'espère que ta grand-mère va m'aimer, dit Rina.

— Mais oui. Sois sans crainte.

Vincent lui remet les clés de l'auto et Rina les enfouit dans sa poche.

La porte de la maison s'ouvre au moment où ils descendent. Une grande femme maigre sort sur la véranda.

— Vincent! Entre! crie-t-elle.

Madeleine Fournier a les cheveux courts et drus, d'une couleur hésitant entre le blond et le gris. Elle porte des pantalons de coton kaki, une chemise en flanelle et des pantoufles bleues en nylon.

Vincent l'enlace.

— Je suis content de voir qu'on ne t'a pas réveillée.

— Comment voulais-tu que je dorme? Je t'attendais. Ta mère m'a appelée et m'a tout raconté à propos de Sophie. C'est épouvantable! Je n'aurais jamais imaginé qu'elle était aussi instable.

— Mado, voici Rina, dit Vincent.

Sa grand-mère sourit et étreint la jeune fille.

— Mon Dieu! Tu es gelée. Vite, entre!

Tandis qu'elle regarde autour d'elle dans la cuisine, Rina se rend compte à quel point elle a froid. Il y a longtemps qu'elle ne s'est pas nourrie, mais la perspective de se lancer à la recherche d'une proie humaine la dégoûte. Qu'est-ce qu'elle va devenir si elle a perdu l'envie de se nourrir?

— Un bon chocolat chaud! Voilà ce qu'il vous faut.

Mado s'affaire dans la cuisine. Vincent tire une chaise pour Rina et s'assoit en face d'elle. Il sourit.

— Ma grand-mère a une recette secrète.

— Ça n'a rien de sorcier. Je triple la quantité de cacao et je ne mets presque pas de sucre.

Quelques instants plus tard, Mado pose deux tasses fumantes devant eux.

— Buvez. Ça vous fera du bien.

Rina prend la tasse dans ses mains froides et inspire profondément. Il n'y a que du sang riche et chaud qui pourrait la réchauffer.

— Quel temps de chien pour voyager en auto, dit Mado en s'assoyant à son tour. Je suis contente que vous soyez arrivés sains et saufs.

Rina, elle, n'a qu'une idée : retrouver Niklas Grigorescu.

— Je me demande s'il existe un moyen

de retrouver quelqu'un à l'aide d'un numéro d'immatriculation, lâche-t-elle soudain.

La grand-mère de Vincent pâlit.

— On ne vous recherche pas, au moins?

— Non. Mais j'ai cru reconnaître un ami à la halte routière et je voudrais entrer en contact avec lui. Il y avait un permis de stationnement de l'hôpital Jésus-Marie collé au pare-brise.

— L'hôpital n'est qu'à dix minutes d'ici, observe Mado.

Vincent repousse brusquement sa chaise.

— Il est temps d'aller au lit, dit-il à sa grand-mère. On te fait veiller tard.

Mado hausse les épaules.

— Je ne me couche jamais tôt, de toute façon.

— Veux-tu que j'aille chercher ton sac dans l'auto, Rina?

Celle-ci bondit sur ses pieds.

— Non. J'y vais.

Lorsqu'elle revient, Vincent et sa grand-mère parlent à voix basse. Rina a un pincement au cœur. Elle se sent comme une étrangère.

Mado lève les yeux vers elle et sourit.

— Vous serez en sécurité ici. Est-ce que tu montes à cheval, Rina?

— Non! répondent Vincent et Rina en chœur.

— Il faudra te donner des leçons, alors, propose Mado en débarrassant la table.

— Rina a peur des chevaux, déclare Vincent.

— Dans ce cas, on lui fera monter Ursule. Elle est docile et ne s'intéresse qu'à son avoine depuis dix ans. Tu auras l'impression de t'asseoir dans un bon vieux fauteuil, Rina.

Cette dernière jette un regard paniqué à Vincent.

— On verra, Mado, dit Vincent en se levant. Laisse-moi te montrer ta chambre, Rina.

La jeune fille le suit dans un long couloir sombre. Vincent ouvre la porte d'une chambre lambrissée de pin. Des rideaux de coton à motifs de fleurs sont accrochés aux fenêtres et une douillette assortie recouvre le lit.

Vincent croise le regard de Rina.

— Mado trouvera étrange que le lit ne soit pas défait. Alors tire au moins les couvertures et allonge-toi, O.K. ?

Rina hoche la tête tristement.

Vincent lui prend les mains et la dévisage, l'air troublé.

— C'est vrai que tu es froide. Encore plus que d'habitude.

— Ça m'arrive parfois.

Vincent fronce les sourcils.

— Écoute, il faut que j'aille téléphoner à ma mère. Mado veut aussi qu'on se parle en tête-à-tête. Elle veut tout savoir concernant Sophie. Elle en profitera sûrement pour me poser quelques questions sur toi.

— Qu'est-ce que tu vas lui dire? demande Rina d'un ton anxieux.

Vincent sourit.

— Le moins de choses possible. En principe, on est des amis. Elle ne me croira pas, mais tant pis.

— Mais c'est la vérité.

— On est plus que des amis, Rina.

— Peut-être, mais je ne suis pas ta petite amie non plus.

— Non, pas vraiment. N'y songe plus. Nous sommes là, et Vlad et Sophie ne nous ont pas rattrapés. C'est déjà ça, non?

Vincent sort de la chambre et referme la porte sans bruit.

Rina se laisse tomber sur le lit, déprimée. Elle entend les voix de Vincent et de sa grand-mère dans la cuisine. «Ils sont liés par le sang», pense Rina. Le sang... Ce mot résonne dans sa tête tandis qu'elle roule doucement sur le lit. Mais elle ne pèse presque plus rien à cette heure de la nuit et c'est à peine si les draps se froissent sous son poids.

Vincent et sa grand-mère parlent longtemps. Rina finit par entendre des pas dans le couloir. La chambre devient plus sombre et la jeune fille constate que les lumières se sont éteintes sur la véranda. Ils sont allés se coucher.

Rina presse ses doigts sur ses tempes. Il lui faut faire quelque chose, mais elle n'arrive pas à se souvenir de ce que c'est. Le froid qui lui paralyse les membres commence à gagner son cerveau et Rina sent qu'elle n'a plus toute sa tête.

Lorsque la porte s'ouvre, Rina s'assoit sur le bord du lit, le cœur battant. Ses crocs effleurent sa langue.

— C'est moi, chuchote Vincent.

Il s'approche et lui prend les mains de nouveau.

— Rina, est-ce que ça va ?

— Mais oui, bien sûr.

— Non, ça ne va pas. Tu n'as jamais été aussi froide.

— J'ai oublié de me nourrir, admet-elle.

Un silence embarrassé s'installe entre eux.

— J'ai volé des sacs de plasma à la banque du sang. J'ai cru que ça me garderait en vie, mais ça n'a pas marché.

— Bon Dieu, Rina ! Je ne savais pas que tu avais vraiment besoin de sang.

— Je ne veux plus me nourrir, Vincent. Tu ne comprends pas ? Il faut que je redevienne humaine et vite. Sinon, quelque chose de terrible va se produire. Je me sens déjà disparaître, dit-elle avec des sanglots dans la voix. Mais peut-être que ça vaudrait mieux ainsi.

— Pourquoi tu ne bois pas de mon sang ? demande Vincent doucement.

Rina a un mouvement de recul.

— Non. Je ne peux pas.

— Vas-y. Je te fais confiance.

— Tu ne devrais pas, dit-elle d'un ton pitoyable.

— Je ne veux pas que tu meures, Rina.

Vincent lui saisit les poignets et l'attire contre lui. Rina est si près de lui qu'elle sent la poitrine de Vincent se soulever quand il respire. Tout à coup, elle ouvre la bouche et enfonce ses crocs dans sa chair. Une sensation de bien-être l'envahit tandis que le sang lui emplit la bouche. Mais soudain, Rina se retire vivement. Vincent a perdu connaissance.

— Vincent ! dit-elle en s'agenouillant près de lui. Parle-moi !

Elle pose la tête sur la poitrine du garçon. Il respire encore. Les battements de son cœur sont forts et réguliers. Vincent s'est sûrement évanoui. Pourtant, elle n'a bu son sang que pendant deux ou trois secondes.

Elle éprouve un vif soulagement lorsqu'il revient à lui.

— Merde, Rina! dit-il d'une voix pâteuse. Tu m'as fait mal. C'est comme si on m'avait poignardé. Qu'est-ce qui s'est passé?

— Je t'ai mordu. J'ai oublié de te jeter un sort. C'est pour ça que ça t'a fait mal. Excuse-moi, Vincent.

— J'ai dû perdre connaissance.

— Je suis terriblement désolée, dit-elle en pleurnichant.

— Oh! arrête! dit Vincent d'un ton irrité. Ce n'est pas grave. Je t'ai dit que tu pouvais. Allume donc la lampe.

Lorsque la lumière jaillit, Vincent s'assoit et s'appuie contre la porte. Il est si blême que Rina court vers lui, alarmée.

— N'essaie pas de te lever.

Vincent touche l'ecchymose jaunâtre dans son cou.

— Aïe!

— Tu vois bien que je ne peux pas continuer comme ça! s'écrie Rina.

Vincent se relève péniblement.

— On reparlera de tout ça demain matin, O.K.? Il faut que j'aille m'étendre.

Il tourne la poignée de la porte et hésite avant de sortir.

— Tu te sens mieux?

— Oui, murmure Rina misérablement. Mais toi?

— Ça ira. Il faut qu'on dorme maintenant.

Il ferme les yeux.

— Ou plutôt, il faut que je dorme. Toi, tu peux avancer ton tricot ou faire ce que les vampires font pendant leurs moments de loisir.

Une fois seule, Rina serre et desserre les poings. Ça la rend malade de voir qu'elle a puisé sa force en Vincent. Jamais elle ne le refera. Elle en est certaine. Mais elle a les idées bien claires, maintenant, et elle se souvient de ce qu'elle a à faire.

Sans bruit, elle se dirige vers la cuisine. Une veilleuse brille à côté de l'évier. Rina ouvre les armoires et les tiroirs aussi silencieusement que possible. Enfin, elle trouve ce qu'elle cherche : l'annuaire du téléphone. Ce dernier comprend les inscriptions des abonnés de six petites municipalités. Rina jette un coup d'œil sur la carte de la région et la mémorise. Puis elle consulte l'index alphabétique. Le nom de Grigorescu n'y figure pas, mais il y a une inscription pour un certain Nicolas Grégoire. Niklas Grigorescu... Nicolas Grégoire... C'est sûrement lui. Rina encercle le nom à l'encre rouge.

— Eurêka ! souffle-t-elle.

CHAPITRE 10

La pluie tombe toujours lorsque la biche s'arrête à l'intersection de deux routes étroites. *Saint-Ferdinand*, indique un panneau. L'eau ruisselle sur l'épaisse fourrure de la bête et de grosses gouttes de pluie perlent sur ses longs cils.

La biche lève la tête vers le panneau.

— Rina, souffle-t-elle pour ne pas oublier son nom.

Puis elle s'élance sur la route.

🌀 🌀 🌀

La biche avance avec précaution dans le village, s'arrêtant à chaque boîte aux lettres pour la scruter de ses yeux ambre. Enfin, elle trouve celle qu'elle cherchait. *GRÉGOIRE*, lit-elle. La bête jette un regard vers la maison en retrait de la route. Elle traverse la pelouse fraîchement tondue et se poste à la seule fenêtre encore éclairée, le museau collé à la vitre. Elle observe le couple assis dans le lit. Nicolas discute avec sa femme. La biche dresse les oreilles.

— Je te dis qu'elle m'a reconnue! s'écrie l'homme. Elle m'a appelé Niklas Grigorescu!

— Mais ça fait si longtemps! Comment est-ce possible? De toute façon, ça n'a pas d'importance. Elle ne sait pas où on habite.

— C'est un vampire! Elle a des pouvoirs.

Nicolas laisse échapper un petit rire amer.

— Si Roger continue comme ça, il me retransformera peut-être en vampire, moi aussi. Il est devenu tellement excentrique. Il passe ses journées seul dans sa grande maison à essayer toutes sortes de sortilèges. C'est suffisant pour rendre quelqu'un complètement fou.

— Couche-toi, Nicolas. Tu ne reverras peut-être jamais cette fille. Et même si elle se présentait ici, je ne pense pas que Roger t'en voudrait.

— Chose certaine, il n'acceptera jamais de la rendre humaine, dit Nicolas en éteignant la lampe. Il a juré de ne plus le refaire.

Sa femme roule sur le côté.

— Il n'aime pas ce que nous sommes devenus, dit-elle.

— Qu'est-ce qu'il espérait ? On paie nos impôts et on élève nos enfants. Que veut-il de plus ?

— Il a toujours été bizarre et on dirait que c'est encore pire depuis quelque temps. Mais à quoi bon nous tracasser ? Il est quatre heures du matin et il faut se lever tôt demain pour aller travailler.

La pièce devient silencieuse. De toute façon, la biche en a assez entendu. Roger, ont-ils dit. Dans la grande maison. À les entendre, on dirait bien que le magicien habite au village.

L'animal lève la tête et inspecte les environs. Non loin de là, une grande maison se dresse au bas d'une colline. Elle semble plus vieille que les autres. La biche bondit dans cette direction.

Quelques instants plus tard, la bête se tient sur le sentier devant la maison. Elle hume le parfum des herbes mises à sécher sur la véranda. Pas de doute possible, c'est la maison d'un magicien. Par une fenêtre ouverte lui parviennent des ronflements. Si elle réveille le magicien maintenant, il ne sera sûrement pas d'humeur joyeuse. Mieux vaut attendre.

Sur une route à quelques kilomètres de

là, Sophie agrippe le volant en effectuant un virage en épingle à cheveux.

— J'adore être vampire. Pas de ceinture de sécurité, pas de tracas, pas de limites de vitesse !

Vlad avale un petit comprimé et porte la main à son estomac.

— Le mal des transports, c'est dans la tête, dit Sophie.

— J'espère qu'un policier va nous arrêter et nous donner une contravention.

— Ne dis pas ça. Tu pourrais t'en mordre les lèvres.

Vlad fait la grimace.

— Je mordrais plutôt un policier.

— Tu as un petit creux, hein ? demande Sophie, le sourire aux lèvres. Ne t'en fais pas. Je te laisse la grand-mère. Moi, je prends Vincent.

Vlad s'appuie contre le dossier et pousse un grognement.

— Je t'en supplie, Sophie ! Ralentis !

— Ils sont sûrement là, continue Sophie en plissant les yeux. Vincent n'est pas du genre à se cacher dans une grande ville. Il a dû se réfugier chez sa grand-mère pour ne pas que ses parents s'affolent.

— Ralentis !

Un chevreuil bondit devant eux sur la route. Sophie entrevoit ses yeux couleur ambre quand il heurte le pare-brise. La voiture s'immobilise dans un crissement de pneus.

Sophie ouvre la portière et descend.

— Heureusement qu'on n'a pas démoli l'auto.

Elle fronce les sourcils et pousse le chevreuil du bout du pied.

— Tu ferais mieux de l'enlever de là, crie-t-elle à Vlad.

Ce dernier gémit et descend de la voiture.

— Voilà ce qui arrive quand on conduit comme tu le fais !

Il se penche, saisit les pattes du chevreuil et le traîne sur le bas-côté de la route. Il s'essuie les mains sur son jean et remonte dans la Mazda.

— Si tu n'avais pas roulé aussi vite, tu n'aurais pas frappé cette créature.

— Ne sois pas stupide. Ç'aurait pu arriver à n'importe qui. De toute manière, ça nous a rendu service. Regarde.

Les phares éclairent un panneau en bois sur lequel on peut lire : *Les Écuries Fournier.*

— Sans ce chevreuil, on n'aurait peut-être pas vu l'enseigne.

Sophie démarre, s'engage sur le chemin qui mène aux écuries et éteint les phares.

— Qu'est-ce que tu fais ? demande Vlad.

— Je ne veux pas qu'ils nous voient arriver.

— Est-ce que tu fais exprès de passer dans les trous?

— Ce n'est pas moi qui ai fait cette fichue route, rétorque Sophie.

— Au moins, tu pourrais ralentir.

La pluie ruisselle dans les vitres et Sophie met les essuie-glaces en marche.

— Dis-moi, Vlad. De quelle couleur étaient les yeux du chevreuil?

— Je ne sais pas. Probablement de la même couleur que tous les autres chevreuils. Bruns, je suppose.

Sophie plisse les yeux.

— Quand on l'a frappé, j'ai cru voir deux grosses billes jaunes...

Vlad se raidit.

— Rina. C'était Rina!

Immédiatement, Sophie fait marche arrière dans l'étroit chemin. Elle rallume les phares et démarre en trombe.

— Moins vite! gémit Vlad. Ça ne nous avancera à rien si on a un accident!

— On l'avait! hurle Sophie. Et on l'a laissée filer! J'aurais dû l'écraser!

Vlad la considère froidement.

— Larina m'appartient. Tu n'as pas le droit de lui faire du mal.

Sophie applique les freins brusquement

120

lorsqu'elle atteint la route et Vlad se cogne la tête sur le pare-brise. Sophie éclate de rire lorsqu'il descend de la voiture en se frottant le crâne.

— C'est à peu près ici qu'on l'a frappée, n'est-ce pas?

Elle désigne une tache sombre sur la chaussée.

— Où as-tu traîné son corps?

— Là, sur le bord du fossé.

Vlad se met à fouiller dans les herbes hautes.

— Ça ne t'ennuie donc pas que Rina nous ait échappé? Moi, j'ai envie de hurler!

— Je ne crois pas qu'elle ira bien loin alors que son petit ami dort paisiblement chez sa grand-mère.

Ne trouvant aucune trace du chevreuil, Sophie et Vlad remontent dans la voiture et prennent la direction des écuries. Sophie roule lentement pour mieux réfléchir. Si c'était bien Rina, elle est sûrement sonnée. Vincent ne pourra donc pas compter sur elle pour le défendre dans l'heure qui vient. Si elle procède rapidement, Sophie pourrait changer Vincent en vampire dès ce soir. Elle n'aura même pas besoin de Vlad.

— Est-ce que tu fumes? demande-t-elle comme si de rien n'était.

— Bien sûr que non.

Vlad l'examine attentivement.

— Pourquoi ?

— Oh ! pour rien, répond Sophie en haussant les épaules.

Leurs regards se croisent brièvement.

— Oublie ça, mon chou, roucoule Vlad.

— Oublier quoi ?

— Tu ne te débarrasseras pas de moi comme ça, déclare-t-il tout net.

Il déplie une carte routière et change rapidement de sujet.

— À quelle distance sommes-nous de Saint-Ferdinand ?

— Tu devrais le savoir. C'est toi qui as la carte.

— Allume la lumière.

— Non. Je t'ai déjà dit que je ne veux pas qu'on nous voie arriver. Pourquoi t'intéresses-tu tant à Saint-Fernand, tout à coup ?

— Saint-Ferdinand, corrige-t-il.

Il replie la carte et la range dans la boîte à gants.

— J'ai un rendez-vous là-bas demain soir.

— Tu connais quelqu'un dans ce trou perdu ? demande Sophie d'un ton irrité.

— Ma réputation n'a pas de frontières. Un magicien de Saint-Ferdinand m'a supplié de venir le rencontrer.

— Un magicien! s'exclame Sophie avec mépris. Je ne crois pas à la magie.

Vlad l'observe du coin de l'œil.

— Tu es sortie d'un œuf, peut-être?

Son rire supérieur résonne dans les oreilles de Sophie. La jeune fille serre les dents.

🌀 🌀 🌀

Dans la forêt obscure, une biche blessée avance péniblement en laissant une traînée de sang derrière elle sur les aiguilles de pin. Elle peut sentir le sang qui forme une croûte sur sa fourrure à l'arrière de sa tête. La bête est prise de vertiges et sa tête lui fait atrocement mal. Comment s'appelle-t-elle, déjà? Il lui semble que c'est très important pour elle de s'en souvenir, mais elle souffre trop. Elle plie les pattes, tressaille et bascule dans le néant.

CHAPITRE 11

Vincent ne sait pas trop ce qui l'a réveillé. Il a la vague impression d'avoir entendu les chevaux, mais lorsqu'il s'assoit dans le lit, il tend l'oreille et ne perçoit rien d'anormal.

Soudain, il se rappelle avec angoisse qu'il a laissé Rina boire son sang. Il repousse les couvertures et pose les pieds sur le plancher. Il s'en veut d'avoir fait une chose aussi stupide. Rina compte pour lui, bien sûr. Mais que sait-il exactement de ses mystérieux pouvoirs? Il ne s'était jamais rendu compte avant ce soir qu'elle avait besoin de sang pour survivre.

Vincent se lève et doit s'agripper à la colonne de lit pour ne pas tomber. Lors des cliniques de sang au centre commercial, il a déjà vu des donneurs boire des boissons gazeuses et manger des biscuits et des beignes. Il se dit que ça lui fera du bien d'avaler une bouchée. Il se rend compte subitement qu'il n'a rien mangé depuis le dîner.

En entrant dans la cuisine, Vincent se verse un grand verre de jus d'orange. Il saisit un paquet de beignes sur le dessus du réfrigérateur et en prend deux. Ils sont un peu durs, mais Vincent les mange quand même.

En retournant dans sa chambre, il note qu'il y a de la lumière dans la chambre de Rina. Il prête l'oreille, mais tout est silencieux de l'autre côté de la porte. Impulsivement, Vincent pousse la porte. La pièce est vide.

Puis il se souvient de son impression d'avoir entendu les chevaux. Il retourne à sa chambre et s'habille en vitesse. Il ne peut s'empêcher de frissonner en enfilant l'un des blousons de son grand-père rangés dans la garde-robe. C'est curieux comme personne ne peut se résoudre à faire le ménage après la mort d'un proche. Son grand-père, Suzie... Leurs vêtements sont toujours pendus dans la garde-robe, comme si on attendait leur retour. Mais peut-être que ce n'est pas si étrange après tout. La différence entre la vie et la mort ne lui a jamais paru aussi subtile.

Une fois dehors, Vincent remarque tout de suite que les chevaux sont agités. Il entend le bruit de leurs sabots sur le sol ainsi que leurs hennissements nerveux.

Il entre dans l'écurie et est accueilli par l'odeur du foin et des chevaux. Lorsqu'il allume l'ampoule au plafond, il aperçoit les selles et les harnais accrochés au mur.

— Rina? appelle-t-il doucement.

Sally, la jument préférée de Vincent, reconnaît sa voix et avance la tête au bord de la stalle. Vincent marche jusqu'à elle et lui gratte doucement le nez.

— Bonne fille, Sally. Tu n'aurais pas vu un vampire, par hasard?

Comme si elle avait compris sa question, la jument s'ébroue, l'air effarouchée.

— Je plaisantais, dit Vincent.

Il inspecte les lieux mais ne trouve aucune trace de Rina. Soudain, il reste figé en entendant le ronronnement d'un moteur. Il entrouvre la porte et regarde à l'extérieur, mais il ne voit aucun véhicule sur la route. «Qui d'autre que Sophie peut rouler les phares éteints?» se demande-t-il. Elle a dû le suivre jusqu'ici.

Vincent soulève le loquet de la stalle dans laquelle se trouve Sally et lui passe un harnais. Il la caresse d'une main rassurante et place une couverture sur son dos. Puis il la selle rapidement et ajuste les sangles. Il promène ensuite son regard autour de lui, espérant trouver quelque chose qu'il pourrait utiliser pour se défendre. Après un moment d'hésitation, il glisse un fouet dans sa ceinture. Tout à coup, il se souvient du vieux pistolet de starter de sa grand-mère. Il ignore si Mado l'a encore et si le pistolet fonctionne toujours. Mais quand il ouvre le tiroir de l'établi, il le trouve à sa place habituelle et le charge de cartouches à blanc. Il sait qu'il n'est pas dans son intérêt de confronter Sophie. Il sera plus en sécurité en se cachant ou en empruntant la piste cavalière qui traverse la forêt. Mais ce qui le préoccupe, c'est Mado. Elle dort tranquillement dans la maison et ne se doute de rien.

Vincent s'empresse de monter Sally avant qu'elle ne panique. Une fois sur le dos de la jument, il ouvre la porte de quelques centimètres.

Il pleut toujours, mais la lune diffuse quand même une faible lumière nacrée à travers les nuages. Vincent aperçoit une voiture à côté de celle de Rina. Surpris, il constate que les deux portières sont ouvertes. Il songe alors à Vlad et sa bouche se crispe. Que fera-t-il si les vampires entrent dans la maison? Il pourra toujours tirer un coup de feu pour créer une diversion et les attirer dehors. Après, il devra improviser.

Les lumières s'allument dans la cuisine et sur la véranda. La porte s'ouvre et Mado avance sur le seuil, vêtue de son peignoir matelassé. Vincent l'entend prononcer quelques mots, mais au même moment, Sophie bondit sur elle.

Frappé d'horreur, Vincent donne un coup de talon au cheval et fonce vers la maison. En le voyant s'approcher, Sophie lâche sa proie et se précipite vers lui en criant son nom. Sally se cabre, terrifiée. Elle frémit et tente de retourner vers l'écurie. Vincent est trop occupé à se tenir en selle pour penser à quoi que ce soit d'autre. Lorsqu'il jette un coup d'œil par-dessus son épaule, il voit que Sophie est clouée sur place. Il prend le pistolet, vise et tire dans sa direction. Instinctivement, Sophie se jette au sol. Mais l'autre vampire court et bondit sur lui. Vincent a le temps d'entrevoir son visage d'une beauté surnaturelle, de même que ses yeux chatoyants et sa boucle d'oreille. Spontanément, il lève le bras pour se protéger avant de frapper Vlad de son fouet. Satisfait, il voit le vampire tomber par terre et se recroqueviller comme un animal blessé. Une zébrure rouge est visible sur l'arête de son nez, tandis que sa joue est marquée d'une profonde entaille.

Cette fois, Vincent n'essaie pas de retenir la jument affolée lorsqu'elle détale. Il lui tapote le cou et la guide vers la piste cavalière qui traverse la forêt. La bête tremble et a l'écume à la bouche. Vincent lui souffle quelques mots d'encouragement à l'oreille tandis qu'elle trotte dans l'obscurité. Il prie pour que la jument ne marche pas dans un terrier de lapin et ne se casse pas une jambe. Il est incapable de chasser de son esprit l'image du corps inerte de sa grand-mère à la porte de la cuisine. Elle n'est sûrement pas morte. C'est impossible. Il espère qu'il a réussi à détourner l'attention des vampires et qu'ils se sont lancés à sa poursuite.

Quelques minutes plus tard, Vincent atteint la route et constate que le ciel commence à s'éclaircir. Les fers de Sally résonnent sur la chaussée. La jument baisse la tête, renifle le sol et s'agite. Vincent la guide vers l'autre côté de la route. Il se sent dangereusement exposé et craint de voir la voiture de Sophie foncer vers lui sur le chemin des écuries.

Lorsqu'il a trouvé le prolongement de la piste cavalière, Vincent respire mieux, à l'abri derrière les grands pins.

Il espère que Rina se rendra compte que quelque chose ne va pas si elle revient à la maison. Il déteste imaginer qu'elle pourrait arriver face à face avec Sophie et Vlad, mais il n'a aucun moyen de la prévenir du danger. Pour l'instant, le plus urgent est d'appeler du secours pour Mado. Vincent sait qu'il y a une cabine téléphonique à Saint-Ferdinand et il prend la direction du petit village.

Sans avertissement, la jument se cabre. Pris par surprise, Vincent se retrouve assis par terre tandis que Sally galope devant lui. Il se relève d'un bond et court après sa monture. Sally s'arrête et, lorsque Vincent la rattrape, le blanc de ses yeux brille dans la pâle lumière de l'aube. La bête piaffe et s'éloigne encore un peu, mais Vincent réussit à saisir les guides et à calmer la jument.

— Qu'est-ce qu'il y a, Sally?

Il se retourne et regarde derrière lui sur le sentier, mais il ne voit rien d'anormal.

Malgré tout, l'état de panique du cheval lui rappelle que les vampires sont peut-être tout près. Heureusement, Sophie n'est venue qu'une seule fois chez sa grand-mère. Cette journée-là, ils s'étaient baignés et n'avaient pas emprunté la piste cavalière. Sophie ignore probablement jusqu'à son existence.

Saint-Ferdinand est à cinq kilomètres de chez Mado en voiture, mais on y accède plus directement par la forêt. Bientôt, Vincent se retrouve devant le dépanneur. Les premières lueurs de l'aube éclairent les pompes à essence de la station-service et illuminent la cabine téléphonique au bord du trottoir. Vincent attache Sally à un poteau et compose 9-1-1.

CHAPITRE 12

— Ne reste pas planté là! hurle Sophie. Rattrape-le!

Vlad porte la main à sa joue blessée.

— Vas-y, toi. On verra bien si tu aimes recevoir un coup de fouet au visage et te retrouver sous le postérieur d'une bête de quatre cents kilos qui essaie de te donner des coups de sabots!

— Ne viens pas me dire que tu as peur de Vincent! dit Sophie d'un ton méprisant.

Vlad enjambe avec précaution le corps inanimé de Madeleine Fournier et entre dans la cuisine.

— C'est Rina que je veux, crie-t-il par-dessus son épaule. Je me fiche pas mal de Vincent.

Sophie se laisse dissoudre dans l'air humide et erre à l'orée du bois, presque invisible. Si elle retrouve Vincent maintenant, elle sait qu'elle pourra le maîtriser sans problème. Cette pensée lui met l'eau à la bouche. Sophie est persuadée qu'il s'est réfugié dans la forêt, mais la pluie qui tombe sans répit a effacé toute trace de son odeur.

Vincent... Il lui manque terriblement. Toutefois, elle lui en veut un peu d'être aussi déterminé à lui échapper. Pourquoi refuse-t-il de coopérer ? Quand elle songeait au moment où elle le transformerait en vampire, Sophie s'était toujours imaginé qu'il dormirait paisiblement, lui offrant sa gorge...

Elle lève la tête brusquement et tend l'oreille. Les chevaux font un tel tapage dans l'écurie qu'elle entend à peine la voix de Vlad dans la maison. Pourtant, elle a cru l'entendre appeler son nom. Elle a du mal à croire qu'elle a déjà aimé les chevaux. Ce sont des créatures stupides, pense-t-elle, et leurs hennissements affolés l'énervent.

En approchant de la maison, Sophie distingue le peignoir rose de la grand-mère de Vincent sur la véranda. Elle contourne le corps de la femme d'un air indifférent.

— Qu'est-ce que tu as à me crier après ? demande-t-elle en entrant dans la cuisine.

— Je crois que je sais où trouver Vincent et Rina, dit Vlad.

Les mains appuyées sur la table, il contemple une page de l'annuaire du téléphone.

Curieuse, Sophie se place à côté de lui et remarque qu'un nom est encerclé à l'encre rouge.

— Rina est allée voir un vieil ami, explique Vlad en plissant les yeux.

— Nicolas Grégoire?

— Exactement, siffle Vlad. Moi aussi, je vais lui rendre une petite visite.

Soudain, Sophie virevolte.

— As-tu entendu ça?

— Quoi? demande Vlad à voix basse.

— C'est une sirène. Vincent a sûrement alerté la police. Il va falloir qu'on file.

Elle s'avance jusqu'à la fenêtre et aperçoit des gyrophares rouges sur la route.

— C'est l'ambulance. Elle arrive.

— Viens. Sortons par la porte de derrière.

— Mais ma voiture?

Vlad la saisit brutalement par le bras.

— Idiote! Tu reviendras la chercher plus tard. Pour l'instant, il faut ficher le camp d'ici.

🌀 🌀 🌀

Après avoir fait le 9-1-1, Vincent détache son cheval et reprend le chemin de la maison. À mesure qu'il approche de l'endroit où Sally l'a démonté, il redouble de vigilance.

Cette fois, lorsque la jument se cabre, Vincent est prêt et parvient à rester en selle. Il laisse la bête reculer de quelques pas, mais celle-ci continue de piaffer et de s'ébrouer.

— Calme-toi, Sally. Je vais voir ce qui se passe.

Vincent descend de sa monture et scrute les environs. Il sent ses cheveux se dresser sur sa nuque. Un bruissement dans les feuilles attire son attention. Vincent tourne la tête et découvre un chevreuil couché au bord du sentier. Il pousse un soupir de soulagement. Puis il se dit que la bête doit être blessée pour l'avoir laissé venir aussi près.

En remarquant une croûte de sang séché à l'arrière de sa tête, il grimace. Dommage qu'il n'ait pas de vraies balles. Il aurait achevé le pauvre animal. De toute évidence, la biche a été frappée par un véhicule et elle a réussi à se traîner jusqu'ici.

La bête lève la tête et plonge son regard dans celui de Vincent. Tandis qu'il fixe ses yeux jaunes et limpides, Vincent croit halluciner.

— Rina!

La biche ouvre la gueule comme si elle allait parler. Les feuilles des arbres s'agitent au-dessus d'eux et d'étranges vibrations emplissent l'air. Un phénomène bizarre et troublant est en train de se passer. La fourrure de la biche s'éclaircit et ses pattes s'arrondissent. Dans la lumière incertaine du petit matin, Vincent croit voir un bout de jean. Il cligne des yeux, ébahi. La tête de la biche pend entre ses pattes, et sous le regard médusé de Vincent, ses sabots se séparent et se transforment en doigts. La créature secoue sa crinière noire et se redresse. Sa nuque est toujours maculée de sang, mais Vincent note que la plaie est en train de se refermer. Entre les yeux couleur ambre, le museau noir et mouillé de la biche s'aplatit, blanchit et prend une forme humaine et délicate. Vincent reconnaît alors le visage ovale et pâle de Rina. Celle-ci se passe la main dans les cheveux et martèle le sol du pied dans un geste rappelant celui d'un chevreuil.

— J'aimerais que tu détournes les yeux quand je me transforme.

Un rayon de soleil filtre entre les branches de pins et jette une lueur vive sur le sol.

— Juste à temps, dit Rina en soupirant. Je n'aurais pas pu le faire en plein jour.

Sidéré, Vincent se passe une main dans la figure. Pas étonnant que Sally ait paniqué. Lui-même tremble comme une feuille.

— J'ai la tête qui tourne, dit Rina.

Ses genoux fléchissent et elle s'assoit.

Vincent s'agenouille à ses côtés.

— Rina! Qu'est-ce qui t'est arrivé?

— J'avais oublié mon nom.

Elle ferme les yeux et tressaille.

— C'était horrible ! Je me sens mal rien que d'y penser.

— Tu as probablement été heurtée par une voiture. Peut-être que tu souffres d'une commotion.

Rina écarquille les yeux.

— Si tu ne m'avais pas rappelé mon nom, je n'aurais jamais pu redevenir moi-même. Oh ! Vincent ! Je crois que je n'aurai plus jamais le courage de me métamorphoser.

Vincent se relève, chancelant. Il sait qu'il doit s'éloigner de Rina un moment pour mettre de l'ordre dans ses idées.

— É-É-Écoute, Rina, commence-t-il en bégayant. Je reviens dans quelques minutes. Il faut que j'aille voir Mado. Sophie l'a attaquée et je dois m'assurer qu'elle est hors de danger.

Il hésite avant d'ajouter :

— Vlad est avec Sophie.

— Je sais ! Ce sont eux qui m'ont frappée. Je me dépêchais de retourner chez ta grand-mère. J'avais quelque chose d'important à te dire. J'étais sonnée, mais j'ai reconnu les voix de Sophie et de Vlad. J'ai pensé qu'il valait mieux que je fasse semblant d'être morte. Heureusement, ils ne se sont pas rendu compte que c'était moi.

— Attends. Il faut que j'aille chercher Sally.

Vincent marche vers le cheval et pose une main sur son cou. Il ferme les paupières et s'efforce de respirer normalement. La chaleur et l'odeur familière de la jument le réconfortent.

— Éloigne-toi du sentier, Rina. Tu la fais paniquer.

— Tu ne veux donc pas savoir ce que j'ai à te dire ? demande Rina.

Sa voix lui parvient de plus loin et Vincent se dit qu'elle a dû s'enfoncer davantage dans la forêt. Cependant, il ne se retourne pas. Il se sent incapable de lui faire face pour l'instant.

— Vincent ? appelle Rina d'une voix plaintive.

Ce dernier entend le bruit d'une sirène au loin.

— Je reviens tout de suite !

Il monte sur Sally et la force à avancer. Au moment où il sort de la forêt, une ambulance s'arrête au bout du chemin des écuries, puis s'engage sur la route en faisant hurler sa sirène. Vincent est convaincu que sa grand-mère est vivante. Les ambulanciers ne se donneraient pas la peine de faire crier la sirène si elle était morte.

À contrecœur, Vincent reprend la direction de la forêt. «Celui ou celle qui a dit que l'amour est aveugle n'a sûrement jamais été épris d'une créature mi-chevreuil mi-femme», pense-t-il.

Il trouve Rina assise par terre le long de la piste. Il attache Sally à un arbre à plusieurs mètres de là et marche vers Rina.

— Comment va ta grand-mère?

— J'espère qu'elle s'en remettra. J'appellerai l'hôpital tout à l'heure pour avoir de ses nouvelles. Et toi, qu'est-ce que tu voulais me dire? demande-t-il sans enthousiasme.

— J'ai retrouvé Niklas! Il se fait appeler Nicolas Grégoire et il habite à Saint-Ferdinand.

Les yeux de Rina pétillent.

— Mais le plus important, c'est que j'ai retrouvé le magicien qui peut me redonner ma vie mortelle. Il habite au village dans une grande maison au bas d'une colline!

Vincent sent son cœur qui cogne dans sa poitrine. Ça paraît farfelu, mais peut-être y a-t-il une chance que ça fonctionne. De toute façon, il a besoin de se raccrocher à quelque chose.

— Il faut aller le voir aujourd'hui, dit-il. Avant la tombée de la nuit.

Rina jette un coup d'œil inquiet à la jument.

— Passe devant. Je te rejoindrai devant le dépanneur.

Et elle disparaît dans la forêt.

Vincent enfourche Sally et se dirige vers Saint-Ferdinand. Lorsqu'il sort du bois, il se trouve en haut d'une colline qui surplombe le village. Il repère presque tout de suite la maison du magicien. Elle est plus grande que les autres et Vincent distingue des bouquets d'herbes séchées suspendus à une corde à linge.

Vincent aperçoit une jument alezan clair dans un pâturage non loin de la maison du magicien. Il soulève le loquet de la barrière, pousse Sally à l'intérieur et descend à pied jusqu'au dépanneur.

Rina est assise sur le bord du trottoir. En le voyant, elle se lève d'un bond et se jette dans ses bras. Vincent se crispe malgré lui. Rina le sent et s'écarte.

— Tu me détestes! dit-elle en pleurant.

— Non, Rina. J'ai simplement besoin d'un peu d'air. Tu comprends?

— Je t'avais bien dit de ne pas me regarder quand je me transforme, dit-elle d'un ton de défi.

Intuitivement, elle a mis le doigt sur le problème. Vincent lui prend la main, navré de ne pas pouvoir lui donner ce qu'elle attend de lui.

— Allons déjeuner, dit-il avec lassitude.

Voyant de la lumière au dépanneur, Vincent pousse la porte vitrée et entre. Il achète un berlingot de lait et une brioche enveloppée d'une pellicule de plastique poisseuse. Rina, elle, se contente d'une boisson gazeuse sans sucre. Vincent n'a jamais pensé avant que ce genre de boisson insipide avait pu être inventée pour les vampires.

Ils sortent du dépanneur et s'installent sur le bord du trottoir.

— Je suis contente que tu viennes avec moi voir le magicien, dit Rina. J'ai peur. Qu'est-ce que je vais faire s'il ne veut pas m'aider?

— Et pourquoi refuserait-il s'il l'a déjà fait pour d'autres?

— Niklas croit qu'il ne voudra rien savoir.

— Tu lui as parlé?

— Non, mais je l'ai entendu le dire à sa femme.

— En tout cas, on n'a rien à perdre.

— Allons-y tout de suite! dit Rina en se levant promptement.

Vincent consulte sa montre.

— Il est encore tôt.

— Je n'en peux plus, dit Rina. Il faut que j'en aie le cœur net.

— O.K.

Vincent avale la dernière bouchée de sa brioche, se lèche les doigts et jette le plastique et le berlingot vide dans la poubelle.

— Allons-y.

Tandis qu'ils approchent de la grande maison, Vincent remarque que les avant-toits tarabiscotés sont ornés de moulures à motifs de soleils, de lunes et d'étoiles. Le surplomb du toit est profond et jette de l'ombre sur les murs de la maison. Sous les pignons, on distingue des gargouilles représentant des démons, des dragons, des serpents et autres créatures monstrueuses. L'effet est troublant. On dirait que la maison elle-même est habitée d'une force surnaturelle.

Vincent prend la main de Rina et se rend compte qu'elle tremble alors qu'ils montent les marches de la véranda. Un chat noir confortablement installé sur une balançoire bondit par-dessus la rampe en poussant un cri perçant. Vincent sent des gouttelettes de sueur perler entre ses omoplates. Il lève le bras pour frapper à la porte, mais celle-ci s'ouvre toute grande. Un vieil homme courbé se tient devant lui. Ses yeux sont bleu pâle et ses longs cheveux blancs se dressent sur sa tête comme s'il avait tenté de les arracher.

— Qu'est-ce que vous attendez? demande l'homme. Venez-en au fait. Vous faites la quête ou vous vendez quelque chose?

De toute façon, je ne donne jamais un sou et je n'achète rien.

— Nous ne sommes pas des vendeurs, dit Rina. Est-ce qu'on peut entrer ?

Le vieil homme la considère pendant un instant.

— Ah ! Je vois. Tu es l'une de ceux-là. Oublie ça, ma jolie. Je ne t'aiderai pas.

Le magicien est retourné dans la maison, mais il a laissé la porte entrebâillée. Vincent décide d'y voir une invitation. Il pousse la porte et entre.

La pièce semble baignée d'une lumière ambrée, et Vincent constate que les fenêtres sont teintées. Des particules de poussière paraissent suspendues au-dessus d'un grand cercle noir peint sur le plancher de bois. Une étoile a été dessinée au milieu du cercle. Autour de celui-ci, c'est le fouillis le plus complet. De vieux tapis orientaux ont été roulés contre des étagères croulant sous le poids de gros livres anciens. Des boas de plumes, des chandeliers et tout un bric-à-brac de vieilleries sont entassés dans la pièce. Un grand duc empaillé veille dans un coin. Des pots de fèves au lard et de salsa sont empilés sur une chaise en osier. Sur le plancher se trouve un tas de masques en bois aux couleurs vives. Une grande étagère paraît servir de séparation. Derrière elle, Vincent aperçoit une autre pièce où une lampe à éclairage puissant a été fixée à une table.

Il se tourne vers Rina et remarque qu'elle examine le cercle noir dessiné par terre.

— Est-ce que vous attendez un visiteur? demande-t-elle.

— Qu'est-ce que ça peut bien te faire? dit l'homme avec mauvaise humeur. Vivre et laisser vivre, c'est ma devise. Mêle-toi de tes affaires.

— Vous savez pourquoi je suis là, n'est-ce pas?

— Bien sûr, répond le magicien.

Il sourit, dévoilant une bouche à moitié édentée.

— Quand mon chat a détalé, j'ai tout de suite su à qui j'avais affaire.

— Je veux redevenir humaine, dit Rina dans un murmure rauque. Je sais que vous avez la formule magique. Donnez-la-moi, je vous en prie!

Le sourire du magicien s'efface.

— Tu ne sais pas à quel point tu as de la chance, jeune fille, dit le vieillard en lui jetant un regard de travers. Maintenant que l'heure de la mort approche pour moi, j'ai décidé qu'il valait mieux être vampire.

Horrifiée, Rina écarquille les yeux et recule d'un pas.

Le vieil homme ricane.

— Ne t'inquiète pas, ma jolie. Je ne te demanderai pas de boire mon sang et de me changer en vampire. J'ai pris d'autres arrangements avec le plus vénérable des vampires.

— Faites ce que vous voulez avec qui vous voulez, dit Rina, mais donnez-moi d'abord la chance de vivre ! Je n'ai que seize ans. Tout ce que je veux, c'est une vie, comme vous. S'il vous plaît, donnez-moi la formule !

— Tu ne sais pas de quoi tu parles. Où as-tu pêché l'idée que je peux rendre les vampires humains ?

— Nicolas Grégoire..., dit Rina d'un ton désespéré. Vous l'avez fait pour lui. Vous vous souvenez ?

— Tu te trompes, jeune fille.

Le regard du magicien erre sur l'étagère derrière lui.

— Je connais Nicolas Grégoire depuis plusieurs années. C'est une grande gueule. Maintenant, je crois que vous feriez mieux de partir.

— Je vous en supplie ! l'implore Rina.

Sous le regard pétrifié de Vincent, la jeune fille tombe à genoux devant le vieil homme. Vincent voudrait la prendre par la main et l'entraîner loin d'ici, mais il sait qu'il ne le peut pas. Elle plaide pour sa propre vie, après tout. Il serre les poings et ne dit rien.

— Vous me rendez nerveux. Allez-vous-en. Je ne suis qu'un pauvre vieillard malade et je ne peux rien pour vous.

Rina se lève en sanglotant.

— Vous n'avez jamais aimé quelqu'un?

— Pas récemment, non. Partez! C'est une propriété privée ici.

Vincent n'en peut plus. Il tourne les talons et sort de la maison. Alors qu'il se demande ce qu'il va faire, la porte s'ouvre de nouveau et Rina sort en trébuchant. L'homme l'a littéralement jetée dehors. Vincent passe son bras autour de sa taille. Elle paraît d'une fragilité pitoyable.

— Oh! Vincent! dit-elle en pleurant doucement. Qu'est-ce que je vais faire?

Le jeune homme la serre affectueusement.

— Aucun doute, il a la formule.

— Mais il refuse de nous la donner!

Vincent hésite.

— On pourrait peut-être la voler.

— Je vois bien que tu essaies de me remonter le moral, dit Rina d'une voix étranglée.

— Mais non, Rina. Ne te fais pas de souci. On trouvera bien un moyen d'obtenir cette formule.

«Bien sûr. Pas de problème. *Comment changer un vampire en être humain. Mode*

147

d'emploi. » Il sourit d'un air piteux.
«Pourquoi pas? se dit-il. J'ai vu des choses
bien plus étranges dans ma vie.»

— Le magicien doit bien sortir de chez
lui de temps en temps, dit-il. On va faire le
guet et, quand on le verra partir, on se glis-
sera dans la maison.

CHAPITRE 13

Vincent entre dans la cabine téléphonique et appelle l'hôpital. À son grand soulagement, on lui apprend que sa grand-mère se repose et qu'elle est traitée pour état de choc et perte sanguine. «Tant qu'elle est à l'hôpital, elle ne risque rien», se dit Vincent.

Il s'arrête au dépanneur où il achète des magazines, des cartes à jouer, un peu de nourriture et deux parapluies bon marché. Il va ensuite rejoindre Rina qui est déjà installée sur la colline surplombant la maison du magicien. De là, Vincent peut voir le garage, le potager et la corde à linge, tout en gardant un œil sur Sally dans le pâturage. Qu'il sorte par l'une ou l'autre des portes, le vieil homme ne pourra pas leur échapper.

Les heures s'écoulent lentement. Vincent n'a jamais lu autant de magazines de sa vie. Seules les averses qui éclatent de temps en temps viennent briser la monotonie. Vincent et Rina se blottissent l'un contre l'autre sous leurs parapluies qui, il faut l'avouer, ne leur sont pas d'une grande utilité.

À mesure que la journée avance, les nuages se dissipent et l'air se réchauffe. Vincent a sommeil et finit par s'endormir. À son réveil, il se dresse sur ses coudes et observe Rina qui feuillette un magazine. Ses cheveux noir corbeau brillent au soleil et tombent doucement sur ses joues pâles et sa bouche. Vincent a peine à croire qu'il l'a vue sous les traits d'une biche aux premières lueurs du jour.

— On dirait bien que j'ai fait un petit somme.

Rina lui sourit.

— J'adore te regarder dormir.

Vincent lui sourit à son tour.

— C'est un divertissement comme un autre.

Il jette un coup d'œil sur la maison du magicien.

— Rien n'a bougé ?

Rina grimace et fait signe que non.

— S'il a rendez-vous avec un vampire, ce ne sera probablement pas avant ce soir, dit-elle.

Vincent scrute le ciel.

— Ce ne sera plus très long maintenant avant que le soleil se couche.

Il défait l'emballage d'un carré au chocolat mal cuit et considère le gâteau d'un air sombre.

— Le vieil homme finira bien par sortir, Rina. Tu verras, tout va s'arranger.

Le ciel est de plus en plus sombre. Peu à peu, les gens rentrent chez eux après leur journée de travail. Dans la cour de l'église, des enfants jouent au soccer.

Vincent se raidit.

— Rina! Regarde! C'est la voiture de Sophie!

Ils s'empressent de ramasser les magazines trempés, les emballages de nourriture et les parapluies, puis ils courent se cacher à l'orée de la forêt. Vincent sent son cœur battre à tout rompre tandis que Sophie se gare devant la maison du magicien. Un jeune homme vêtu d'un jean ouvre la portière du côté du passager et descend de la voiture.

— C'est Vlad!

Rina pose une main tremblante sur le bras de Vincent.

En apercevant le vampire qui avance d'un pas nonchalant sur le petit chemin qui mène à la véranda, Vincent est parcouru d'un frisson. Il regrette d'avoir laissé son fouet par terre près du pâturage.

Immobiles, Rina et Vincent voient les lumières s'allumer chez le magicien. Non loin de là, une mère appelle ses enfants. L'un d'eux ramasse le ballon de soccer et court avec les autres jusque chez lui. Un à un, les rideaux de la maison du vieil homme se ferment.

Rina serre le bras de Vincent.

— J'ai bien peur qu'il ne commette une grave erreur en faisant confiance à Vlad.

☙ ☙ ☙

— C'est un honneur pour moi de vous accueillir, dit le magicien.

Il examine Vlad du coin de l'œil.

— Puis-je me permettre de mentionner que vous ne faites pas votre âge? Je ne vous imaginais pas aussi... comment dire, dans le vent!

Le vieillard sourit et Vlad en fait autant. Le vieux bonhomme le prend toujours pour son grand-père. Vlad enlève ses lunettes de soleil et les met dans sa poche. Il regarde autour de lui avec curiosité.

— C'est une jolie maison que vous avez là.

— Merci, dit le magicien.

En d'autres circonstances, Vlad aurait considéré le magicien avec dédain. Mais ce soir, il a faim. Il n'a pas eu le temps de boire le sang de la grand-mère avant que l'ambulance arrive.

— Alors? Quel marché me proposez-vous? demande-t-il.

— Je veux que vous fassiez de moi un vampire.

Le vieil homme écarte les bras d'un air extasié.

Vlad fronce les sourcils.

— Mais moi, qu'est-ce que j'obtiens en retour?

Mal à l'aise, le magicien détourne les yeux un instant.

— Vous... vous pouvez avoir la moitié de ce qui m'appartient, propose-t-il d'un ton hésitant.

— Non, merci. Ce qui m'intéresse, c'est l'argent.

— J'ai un petit régime-retraite, dit le magicien.

Les pupilles de Vlad se dilatent tant que ses yeux verts deviennent noirs. Le vampire est affamé et, bien que peu appétissant, le magicien ne demande pas mieux que de se faire mordre. Les canines de Vlad s'allongent. Le vieil homme sourit lorsque Vlad pose les mains sur ses épaules décharnées. Le vampire ouvre la bouche et enfonce ses crocs dans la chair frémissante du magicien.

🌀 🌀 🌀

— Tu en as pour la nuit ou quoi? demande Sophie en faisant irruption dans la maison.

Vlad lâche sa proie et lève la tête.

— Quel bazar! dit Sophie en regardant autour d'elle. Il en a, des vieilleries!

— Il en avait, tu veux dire.

— Il est mort?

Vlad acquiesce d'un signe de tête.

— Aucune trace de Rina et de Vincent? demande Sophie.

— C'est Niklas qu'elle est allée voir, pas ce magicien stupide. Et quand elle arrivera chez lui, je serai là pour l'accueillir.

Vlad lèche le sang sur ses lèvres.

— Allons-y. On ferait mieux de garer la voiture ailleurs. Sinon, ils la verront en se rendant chez Niklas et se douteront de quelque chose.

☯ ☯ ☯

Vlad ouvre la portière et se penche pour monter dans la voiture. La lumière s'allume dans l'habitacle et illumine son visage pendant un moment. Vincent sent Rina se crisper.

— Sa figure est toute rose, chuchote-t-elle. Ça veut dire qu'il s'est nourri.

— Le magicien! souffle Vincent. Tu crois qu'il l'a tué?

Ils regardent la Mazda de Sophie s'éloigner. Avant même que les feux arrière aient disparu au bout de la rue, Vincent prend Rina par le bras et ils courent vers la maison. La porte de derrière n'est pas verrouillée et ils se faufilent dans la pièce du fond. Sur la table vivement éclairée se trouvent des parchemins jaunis et des cartes aux contours bordés de monstres et de dragons. Çà et là sur les cartes, des châteaux ont été dessinés en noir.

— Roger? appelle doucement Rina. Roger, ça va?

Vincent contourne l'étagère qui fait office de meuble de séparation entre les deux pièces.

— Non, ça ne va pas, dit-il.

Le magicien est étendu sur le sol et ses traits ravagés sont figés par l'horreur. Des lunettes de soleil se trouvent par terre tout près de lui.

Rina s'accroupit à ses côtés et tâte le pouls de l'homme.

— Oh! Vincent! Il est mort! Il ne pourra plus m'aider maintenant!

Vincent promène son regard autour de lui.

— La formule est sûrement quelque part ici.

— Mais où? Même si on fouillait tous

ces livres, ça nous prendrait des semaines. On ne sait même pas à quoi ressemble la formule. Et qui nous dit qu'il l'a écrite ? Peut-être qu'il l'avait mémorisée et qu'il l'a emportée avec lui !

Vincent perçoit l'hystérie dans sa voix et il pose une main sur son épaule.

— Calme-toi, Rina. Laisse-moi réfléchir.

Il ferme les yeux en essayant de se rappeler les paroles du magicien.

— Quand tu as mentionné le nom de Nicolas, il a jeté un coup d'œil à l'étagère. Tu te souviens ?

Il touche le meuble qui sépare les deux pièces.

— Je parie que la formule est dans l'un de ces bouquins-là. C'est vers cette tablette qu'il regardait tout en parlant.

Rina s'empare d'un des ouvrages sur la tablette.

— Celui-là n'est pas aussi poussiéreux que les autres.

Quand elle le pose sur la table, le vieux livre s'ouvre au milieu. Rina voit briller un long cheveu argent sur l'une des pages.

— Chose certaine, il l'a lu. C'est l'un de ses cheveux.

Dans le haut de la page apparaît en caractères gothiques : *TRANSFORMATIONS*.

Rina lit la formule et lève les yeux vers Vincent, l'air consternée.

— On dirait bien qu'il va falloir que je sois enterrée d'abord !

Ils sursautent lorsqu'un chat pousse un cri aigu à l'extérieur.

— Rina, il se passe quelque chose !

Vincent lui agrippe le poignet.

— Il faut qu'on sorte d'ici !

Affolé, il entend des pas sur la véranda. Il reste figé, ne sachant trop quoi faire. Rina déchire deux pages du livre et les fourre dans la poche de son jean. Vincent s'élance vers la sortie en entraînant Rina avec lui et referme la porte de derrière sans bruit. Ils restent cloués sur place, n'osant pas bouger de peur qu'on entende leurs pas. Il n'y a pas de rideaux aux fenêtres de la pièce du fond et, de son point d'observation, Vincent peut voir le reflet sinistre de l'intrus sur l'une des fenêtres de la pièce où se trouvent les cartes. C'est Vlad. Le vampire se penche et ramasse ses lunettes de soleil sur le plancher. Il les enfouit dans sa poche et se met à renifler l'air, l'œil soupçonneux.

Fasciné, Vincent fixe le reflet de Vlad dans la vitre. Il se passe quelque chose d'étrange. Les yeux du vampire font saillie, telles deux grosses fèves à la gelée qui se gon-flent. Sa tête devient brillante, verte et chauve et les fenêtres de la maison se mettent à vibrer. Vincent serre la main de Rina et saute de la véranda. Il se tord la cheville mais continue à courir malgré tout. Ils s'arrêtent à côté du garage, dans l'ombre du petit bâtiment.

— Vlad est en train de se changer en mouche pour mieux nous sentir et nous suivre dans le noir, explique Rina. Où est-ce qu'on peut se cacher ?

Vincent songe d'abord à Sally qui l'attend, sellée, dans le pâturage. Mais avec Rina, impossible de fuir à cheval. La jument ne la laissera jamais s'approcher.

Un bourdonnement résonne dans l'obscurité. Il est tellement assourdissant que Vincent se dit qu'il vient de sa tête.

— Vlad ! hurle Rina.

Vincent entend le ronronnement d'un moteur qui s'approche. Il sait qu'il doit s'agir de Sophie, mais il lui paraît plus urgent d'échapper à la mouche.

— Les voisins ! crie-t-il.

Ils courent vers la maison la plus proche et cogne à grands coups dans la porte. Le bourdonnement se rapproche derrière eux. La porte s'ouvre et Vincent s'engouffre dans la maison en tirant Rina derrière lui. Cette dernière claque la porte et s'y adosse.

Un homme d'environ quarante ans aux

cheveux grisonnants s'empresse de ver-
rouiller la porte. Nicolas Grégoire les regarde
fixement.

— Niklas! s'écrie Rina. Vlad nous poursuit! Il faut que tu nous aides!

Une femme et deux garçons les observent dans la porte de la cuisine, les yeux
agrandis par la surprise. Nicolas se penche
vivement pour déverrouiller un gros coffre
sous une fenêtre.

Le bourdonnement a cessé et Vincent
regarde la porte, effrayé.

— Rina! hurle Vlad. Laisse-moi entrer!
Tu m'appartiens! Tu ne m'échapperas plus
maintenant!

Rina se blottit contre Vincent tandis que
Vlad tente d'enfoncer la porte. Niklas tient
une sorte de pistolet ancien et le braque dans
la direction de l'entrée.

— As-tu oublié, Niklas? dit Rina d'une
voix pleurnicharde. Les balles ne peuvent
rien contre les vampires!

La porte cède tout à coup et heurte violemment le mur. Horrifié, Vincent constate
que Vlad montre les crocs. Ses yeux sont
noirs et impénétrables tandis qu'il bondit
vers eux.

Puis, c'est l'explosion. Vlad porte la main
à sa poitrine et s'effondre. Déjà, son tee-shirt
est imbibé de sang. Soudain, un bruit de suc-

cion semblable à celui de l'eau aspirée dans un tuyau d'écoulement emplit la pièce. Vlad se ratatine devant leurs yeux. Comme une feuille morte, il se désagrège et disparaît. Seul un petit tas de vêtements demeure sur le plancher du salon.

Nicolas ramasse une boucle d'oreille ornée d'un rubis qui scintille à la lueur de la lampe.

— Tu l'as tué! s'exclame Rina. Mais comment?

— Avec des projectiles en bois bien aiguisés que j'ai fabriqués moi-même, répond Nicolas. J'avais peur qu'il finisse par me retrouver et qu'il soit furieux contre moi parce que je l'ai laissé tomber. Je savais que je n'arriverais jamais à lui enfoncer un pieu dans le cœur s'il se lançait à ma poursuite. Alors j'ai eu l'idée de fabriquer des balles spéciales pour mon vieux pistolet.

Ses traits se durcissent.

— Jamais je ne serais retourné avec lui. J'ai une famille maintenant. Je ne veux plus entendre parler de vampires.

Il pointe son arme sur Rina.

Vincent se place devant elle.

— On s'en va!

Nicolas garde le pistolet braqué sur eux tandis qu'ils sortent à reculons.

CHAPITRE 14

Une petite chauve-souris lâche prise sur le châssis de la fenêtre du salon des Grégoire et vole en direction du bois.

— Sophie, souffle-t-elle en battant des ailes.

Un hibou hulule tout près et la petite bête tressaille. Vlad est mort ! Elle l'a vu s'atrophier et disparaître sous ses yeux ! Maintenant, elle est toute seule. Bien sûr, elle avait l'intention de tuer Vlad, mais seulement après avoir pris Vincent dans ses filets. Ça lui donne froid dans le dos de n'avoir personne à qui parler.

Les petits yeux de la chauve-souris luisent de détermination. Il faut qu'elle trouve Vincent maintenant. En son for intérieur, elle est convaincue qu'il l'aime toujours. C'est Rina qui est venue tout gâcher.

Si elle parvient à s'en débarrasser, Vincent sera à elle pour toujours.

La chauve-souris déploie ses ailes et s'envole silencieusement dans la nuit. Elle est sur le point de reprendre Vincent. Elle peut le sentir dans son sang.

— Sophie, souffle la créature en dévoilant ses crocs.

☯ ☯ ☯

Rina frissonne tandis qu'elle et Vincent s'éloignent sans bruit.

— Penses-tu vraiment que Niklas aurait tiré ? demande-t-elle à voix basse.

— Oui, répond Vincent. Tu as vu ce qu'il a fait à Vlad.

Il se tourne vers elle.

— Est-ce que ça va ? Je suppose que c'est tout un choc pour toi.

Rina secoue la tête.

— Je suis contente qu'il soit mort, dit-elle simplement. Il aurait pu nous tuer tous les deux.

Vincent s'arrête brusquement en regardant la maison éclairée du vieil homme.

— Le corps du magicien est encore à l'intérieur, fait-il remarquer. Si la police arrive et qu'on est dans la maison, on aura des comptes à rendre.

— Pourquoi la police viendrait-elle ?

— Les voisins ont peut-être entendu le coup de feu. On ne devrait pas courir le risque d'y retourner.

— De toute façon, j'ai la formule, dit Rina en fouillant dans la poche de son jean.

Elle s'approche de la maison de façon à profiter de la lumière de la pièce du fond et élève la page devant elle.

— Je suis certaine que c'est la bonne formule. Regarde !

Vincent lit par-dessus son épaule.

— Je ne sais pas, Rina. Cette histoire d'enterrement... Ça ne me paraît pas prudent.

— Je n'ai pas vraiment besoin de respirer, tu sais. Je le fais par habitude.

Vincent la suit lorsqu'elle se dirige vers le garage.

— Si le magicien a utilisé cette formule à plusieurs reprises, dit Rina, il a sûrement tout à la portée de la main : un cercueil, une pelle...

— Une lampe de poche, ajoute Vincent.

La porte du garage est à moitié ouverte. Vincent et Rina se penchent pour y entrer et tombent sur une voiture d'époque rouillée. Rina ferme la porte du garage et allume la lumière. Vincent repère immédiatement trois pelles argent dans un coin. Leurs lames portent encore des traces de glaise séchée. Pas de doute, elles ont servi. Un cercueil est appuyé sur l'un des murs.

Rina soulève une grosse lampe à pile sur une tablette poussiéreuse au-dessus des pelles.

— C'est sûrement ça, Vincent! Roger rangeait tout ici. Je parie qu'il enterrait le cercueil dans le potager.

En songeant aux pots de fèves au lard et de salsa empilés dans la maison, Vincent doit admettre que le vieux magicien ne devait pas manger beaucoup de légumes.

— O.K., dit-il. Apportons tout ça dans le potager.

Après avoir éteint la lumière et ouvert la porte, Vincent et Rina soulèvent le cercueil et le portent jusque dans la cour. Les chaussures de sport du jeune homme s'enfoncent de quelques centimètres dans le potager, comme si la terre avait été déposée là et n'avait pas encore eu le temps de se tasser. Rina a sûrement raison. Ce doit être là que le magicien effectue ses transformations.

— Je vais chercher les pelles, dit Vincent.

En marchant vers le garage, il entend un hennissement et tourne la tête vers le pâturage. Il distingue la silhouette de Sally derrière la barrière. La jument a dû entendre sa voix et se demande probablement pourquoi Vincent ne la ramène pas à l'écurie. Le garçon est en sueur. Tant de choses dépendent de lui! Il prend deux pelles et retourne au potager.

Rina et Vincent creusent en silence. Ils travaillent rapidement. Bientôt, le trou est juste assez grand et profond pour contenir un cercueil. Vincent ne veut pas mettre plus de neuf ou dix centimètres de terre sur le cercueil, car il n'aura pas beaucoup de temps pour déterrer Rina.

— O.K., dit la jeune fille. J'y vais.

Vincent inspire profondément lorsqu'elle ouvre le cercueil et s'y allonge. La tombe ayant été conçue pour un homme d'un mètre quatre-vingt, Rina semble incroyablement petite sur la doublure de satin blanc.

— Tu as la formule?

Vincent acquiesce.

— Alors vas-y. Enterre-moi.

Le couvercle de la tombe se referme avec un bruit sec. Vincent pousse le cercueil et fait la grimace lorsqu'il tombe dans le trou avec un bruit sourd. Il se met à pelleter frénétiquement et ne s'arrête que lorsque la terre est presque de niveau avec le reste du potager. Il se répète que Rina n'a pas besoin de respirer. Elle ne suffoque pas sous cette couche de terre. Pourtant, le cœur de

Vincent ne semble pas avoir compris le message. Il bat à tout rompre dans sa poitrine.

Vincent avale sa salive avec difficulté et se place sur la terre qui recouvre le cercueil. Sa main tremble tandis qu'il s'éclaire à l'aide de la lampe de poche.

— J'implore toutes les puissances de l'Ouest, lit-il d'une voix chevrotante, et toutes les puissances et les esprits de l'Est. J'implore les vents et les esprits du Nord, et la chaleur et les brises du Sud. J'implore les forces des saisons et les étoiles filantes. Tout finit par mourir, mais de la mort renaît la vie et de la noirceur jaillit la lumière.

Vincent sent que des phares sont braqués sur lui et il entend le ronronnement d'un moteur, mais il n'ose pas se retourner. Il est bien décidé à prononcer toute la formule.

— Rendez la vie à cet esprit des ténèbres et redonnez-lui le souffle qu'on lui a volé. J'implore toutes les forces et tous les vents de la terre. Ainsi soit-il.

Vincent se retourne et découvre que Sophie a immobilisé sa voiture sur la pelouse dans la cour. Les phares de la Mazda l'éclairent tandis qu'elle court vers lui.

Vincent laisse tomber la pelle, se précipite vers le pâturage et ouvre la barrière. Tout ce qu'il veut, c'est monter Sally avant qu'elle sente Sophie et se cabre. Il enfourche la jument avec une rapidité qui le surprend lui-même et la guide hors du pâturage.

— Vincent?

En atteignant le potager, Sophie se rend compte, étonnée, que Vincent a disparu.

Celui-ci s'engage dans la rue, se demandant avec désespoir si la magie a opéré. Pendant combien de temps Rina pourra-t-elle se passer d'air? Deux minutes? Une minute?

Sophie l'a repéré et elle est remontée dans la Mazda. Elle doit savoir que Sally ne la laissera pas s'approcher et elle a décidé de foncer sur eux en voiture. La station-service est juste devant eux. Vincent voit les phares balayer la rue et fait galoper la jument dont les sabots résonnent sur l'asphalte. Sentant la chaleur du moteur de la voiture derrière lui, Vincent jette un regard par-dessus son épaule et tire les guides pour changer de direction. Il entend le crissement des pneus sur la chaussée lorsque Sophie essaie de faire demi-tour, ainsi qu'un bruit de collision. Lorsqu'il se retourne, il constate que la Mazda a heurté les pompes à essence. À cet instant, une violente explosion secoue le petit village. Sally s'emballe et Vincent a du mal à rester en selle. Une fois devant la maison du magicien, il regarde derrière lui et aperçoit une colonne de feu qui s'élève de la voiture de Sophie. La carcasse du véhicule apparaît indistinctement au cœur de la boule de feu.

Les portes des maisons s'ouvrent et les gens se rassemblent dans la rue. Vincent guide Sally dans la cour et le bruit de ses sabots résonnant sur l'asphalte cesse brusquement lorsqu'elle atteint la pelouse. Vincent descend de sa monture et cherche la pelle à tâtons dans le noir. Il a les mains mouillées de sueur et le métal lui glisse entre les doigts tandis qu'il pellette la terre et la lance dans toutes les directions. Enfin, la lame touche le bois. Vincent a un goût de terre dans la bouche lorsqu'il s'accroupit et soulève le couvercle de ses doigts crasseux.

— Rina !

Des mottes de terre tombent sur la doublure de satin blanc et sur la silhouette immobile. Vincent saisit Rina par les bras et l'assoit. La jeune fille cherche son souffle et cligne des yeux. Vincent sent les larmes lui piquer les yeux alors qu'il l'aide à sortir du cercueil.

Une sirène hurle au loin. Vincent enlace Rina et la serre contre lui.

— Plus jamais, dit-il d'une voix brisée par l'émotion. Oublie les formules magiques. Je t'aime comme tu es.

Rina tousse.

— Je crois que j'ai avalé de la terre.

Vincent lui tapote le dos.

— Est-ce que ça va ? demande-t-il d'un ton anxieux.

Rina fait signe que oui.

— J'ai cru que j'allais mourir. J'avais tellement besoin d'air ! Au début, ça allait. Puis j'ai été prise d'étourdissements et je crois que je me suis évanouie.

— Regarde-moi !

Vincent lève son visage vers lui et repousse les boucles folles qui lui tombent devant les yeux.

— Rina ! Tes yeux sont différents !

— Bruns ? demande-t-elle d'un ton plein d'espoir. Ils étaient bruns avant !

Vincent s'empare de la lampe de poche et éclaire brièvement la figure de Rina.

— Bruns ! s'écrie-t-il.

Il éclate de rire et lui prend les mains.

— Tu as les yeux bruns, Rina ! C'était la bonne formule !

— C'est vrai ?

Rina semble désorientée.

— C'est pour ça que j'ai un peu mal au cœur ?

Curieux, le cheval s'approche et fourre son nez contre Vincent.

— Rentrons. Viens, je vais t'aider à monter.

— Non ! J'ai peur !

— Regarde Sally. Elle est calme. Tout va bien. Tu es une personne ordinaire maintenant.

Vincent aide Rina à se mettre en selle. Puis il monte derrière elle, passe ses bras autour de sa taille et saisit les guides.

— Qu'est-ce que c'est que ce feu là-bas ? s'écrie soudain Rina ?

Vincent fixe le brasier au loin.

— C'est terminé pour Sophie. Elle a eu un accident.

Il donne un petit coup de talon à la jument.

— Partons d'ici, Rina. Je préfère ne pas être là quand la police arrivera.

C'est l'incendie qui retient toute l'attention des villageois et personne ne remarque le cheval qui se dirige vers la piste cavalière traversant la forêt.

— J'y vois à peine, dit Rina lorsqu'ils pénètrent dans le bois.

— Ça ne fait rien. Sally connaît le chemin. Et elle a hâte de retourner à l'écurie.

Vincent est soulagé d'avoir quitté le village. Il n'aime pas songer à Sophie prisonnière des flammes, mais il se dit qu'elle a dû mourir instantanément, comme Vlad. Il y a quelques heures à peine, les vampires lui paraissaient extrêmement puissants. Maintenant, il se rend compte à quel point ils sont fragiles. Il suffit d'une étincelle pour les réduire à néant.

Au moins, Rina a échappé à ce terrible sort. Vincent soupire de contentement lorsqu'il sent la chaleur de son corps contre le sien. Envers et contre tout, la vie a triomphé.

— J'ai froid, gémit Rina. Et je me sens tellement stupide et faible.

Vincent s'esclaffe.

— Tu mettras peut-être un peu de temps à t'y habituer, mais c'est parfaitement normal de se sentir stupide quand on est humain.

Il enlève le blouson de son grand-père et le glisse sur les épaules de Rina. Tandis qu'elle enfile les manches, Vincent sourit. Il soulève ses cheveux restés pris sous le col et l'embrasse dans le cou.

— Tu me chatouilles.

— Alors retourne-toi, dit Vincent pour la taquiner.

Au moment où Vincent pose sa bouche sur celle de Rina, Sally manque de trébucher et Vincent se mord la lèvre.

— On manque de pratique, observe Rina.

— Ne t'en fais pas.

Vincent l'enlace et sent un rire joyeux monter en lui.

— J'ai bien l'intention de rattraper le temps perdu.

Dans la même collection